Ich will nur
eine jüngere Frau!

Ein Satz,
der sie mitten ins Herz traf
und
ihr die Lebensfreude nahm.

Dieser eine Satz
machte
ihr das eigene Alter,
ihre Einsamkeit,
ihre Sehnsucht
nach Zärtlichkeit
und
Geborgenheit bewusst.

Laura
und
Stefano

Bibliografische Information der Deutschen Nationalbibliothek.
Die Deutsche Nationalbibliothek verzeichnet diese
Publikation in der Deutschen Nationalbibliografie; detaillierte
bibliografische Daten sind im Internet über http://dnb.d-nb.de abrufbar.

Impressum
2019

© Autor : Syna Ester
© Cover : Syna Ester
© Fotos : Syna Ester

3. Neuauflage Januar 2019

Herstellung und Verlag:
Books on Demand GmbH, Norderstedt

ISBN: 978-3-83-705581-8

Syna Ester

schreibt mit sehr viel Einfühlungsvermögen
über die Liebe einer älteren Frau zu einem
jungen Mann. Denn bisher dachte sie, was
nicht sein darf, durfte nicht geschehen.
Traditionen und Regeln auf einer Insel hatten
ihr Leben bestimmt. Erst mit ihrer Heirat auf
das Festland bekam sie eine andere Sicht der
Dinge, die sie bisher als normal empfand.

Als sie sich nach der Trennung von ihrem Mann
in einen jüngeren Mann verliebte, begann sie über das
Erlebte auf der Insel zu schreiben.

Seit ungefähr sechs Jahren musste Laura die kleine Taverne alleine betreiben. Die Arbeit war mühsam und es kamen immer dieselben Gäste.

Wie sollten sich auch einmal Fremde in ihre Taverne verirren? Eine Landstraße gab es weit und breit nicht und um in das Dorf zu kommen und man musste man einige Strapazen auf sich nehmen. Entweder wohnten die Leute aus dem Dorf in ihren Häusern und Fischerhütten gleich neben dem Strand, oder sie kamen auf Eseln und Maultieren einmal in der Woche über die Berge, um ihre Waren am Markttag zu verkaufen. Eigentlich ein idyllisches Fleckchen Erde und die Leute waren trotzt ihrer mühsamen Lebensweise zufrieden und glücklich.

Freitags war Markttag.

Dann ging es auch in der Taverne hoch her, denn sie alle waren von dem langen Weg und der brennenden Sonne durstig und hungrig. Auch heute meinte es das

Wetter wieder sehr gut mit ihnen und der
Wein floss in Strömen. Laura hatte einen
großen Topf Pasta mit Knoblauch
gekocht und dazu gab es selbst
gebackenes Brot.
Denn einmal in der Woche gingen alle
Frauen zu dem großen Dorfbackofen um
gemeinsam ihr Brot darin zu backen.
Es wurde gelacht und gescherzt und man
hatte sich viel zu erzählen. Die meisten
Leute waren irgendwie miteinander
verwandt und freuten sich immer auf
den Freitag um Neuigkeiten
auszutauschen.
Am Abend holten Antonio und Gaetano
ihre Mandolinen hervor und spielten
darauf. Es wurde gesungen und
Tarantella getanzt bis spät in die Nacht.
Denn wie immer konnte niemand ein
Ende finden; aber eigentlich wollte das
auch keiner, da sie ein lebensfrohes
Völkchen waren und Musik und Tanz
gehörte einfach zu ihrem Leben, wie das
Essen und Trinken.

Diese Lebensart verbindet und niemand bleibt allein.

Der Markttag war aber auch die einzige bessere Einnahmequelle für Laura und sie musste gut mit dem Verdienten umgehen, damit sie über die Woche kommen konnte.

Sie hatte zwar auch etwas Grund und Boden, aber sie konnte nicht gleichzeitig in der Taverne arbeiten und den Acker bestellen. So musste Laura die erforderlichen Lebensmittel, bis auf das Brot, in dem kleinen Laden im Ort einkaufen.

Natürlich viel zu teuer, aber es ging nicht anders.

Früher, als ihr Mann noch lebte und die beiden Kinder noch im Hause waren, da war es anders. Jeder in der Familie hatte seine Arbeit und das Gemüse und Obst haben sie selber angepflanzt und geerntet.

Auch half jeder in der Taverne, so dass immer etwas Zeit blieb, um in Ruhe eine

Tasse Kaffee zu trinken und hier und da ein Schwätzchen zu halten.

Es war ein schönes Leben und Laura wünschte sich unzählige Male die vergangenen Zeiten zurück.

Aber leider hatten die Kinder viel zu früh das Haus verlassen. Ihr Sohn ging in die Fremde um dort zu studieren. Nach einiger Zeit teilte er den Eltern mit, dass er sich in eine Frau verliebt hatte und sie heiraten wollte.

Das ist bereits acht Jahre her und in dieser Zeit war er nur einmal nach Hause gekommen, um uns seine Frau vorzustellen. Sie war nett und hatte unsere Sprache gelernt, so dass wir uns mit ihr unterhalten konnten; aber sie war anders als die Frauen von hier.

Sie würde sich niemals im Dorf einleben können und so blieb mein Sohn in der Fremde. Unsere Tochter hatte sich in einen Burschen aus dem Nachbardorf verliebt und ihn geheiratet. Obwohl es nicht so weit weg war, brauchte man einen halben Tag um dort hin zu kommen. Denn wie gesagt, es gab noch keine Landstraße, welche die Dörfer miteinander verband.

So sehe ich meine Tochter und ihre Familie auch nur selten und freue mich jedes Mal wenn sie vor meiner Tür stehen.

Sie hatten mittlerweile zwei süße, kleine Mädchen mit langen schwarzen Locken und riesigen dunklen Augen. Es ist eine Freude die Kleinen anzuschauen und sie in den Arm zu nehmen.

Wenn sie wieder gehen, macht es mich sehr traurig, da ich weiß, dass es ein Abschied für eine lange Zeit sein wird.

Als dann, vor ungefähr sechs Jahren auch noch mein Mann verstarb, war ich ganz allein und auf mich gestellt. Mein Mann war nie krank gewesen und doch wachte ich eines Morgens auf und er war über Nacht neben mir eingeschlafen.

Der Schock damals war groß und in ihrer

Not hatte sie das ganze Dorf zusammen geschrien. Aus allen Häusern und Hütten kamen die Leute angelaufen um zu schauen, was los ist. Jeder fand ein tröstendes Wort für sie und nahm sie in die Arme. Der Zusammenhalt war schon immer groß gewesen und jeder konnte sich auf die Dorfgemeinschaft verlassen. Natürlich wurde ihr auch jetzt geholfen, denn wenn es am Markttag zu viel für Laura wurde sprang einer für sie ein, damit sie sich etwas ausruhen konnte. Leider hatte Laura keine Verwandten hier in der Nähe, da sie ursprünglich aus dem Norden kam.

Sie hatte damals ihren Mann dort kennen gelernt, als er mit einem Bautrupp angereist war, um einige von diesen neuen Häusern zu bauen.

Er blieb dort für drei Jahre und in dieser Zeit verlobten sie sich. Sie mochten einander und als er zurück musste, heirateten sie und sie ging mit ihm in den Süden. Zuerst war alles fremd für sie, aber sie gewöhnte sich schnell in das Dorfleben ein. Die Leute waren nett zu ihr und nahmen sie herzlich auf.

Allerdings gab es hier weder fließend Wasser, noch Strom und eine eigene Toilette erst recht nicht.

Im Norden hatten sie schon fließend Wasser und Strom und eine Toilette in der Wohnung.

Das war sehr ungewohnt für Laura und zuerst tat sie sich etwas schwer mit den hiesigen Umständen.

Zu Anfang wenn sie ins Haus kam, wollte sie wie gewohnt, den Lichtschalter betätigen oder den Wasserhahn auf drehen, bis ihr wieder einfiel, dass es hier im Hause ja so etwas nicht gab.

Auch der Toilettengang war ihr unangenehm, da es keine Toilette gab, sondern man einfach mit einer kleinen Schaufel hinter den Busch am Haus ging.

Aber sie liebte ihren Mann und so gewöhnte sie sich auch daran.

Nach einiger Zeit hatte sie sich so gut eingelebt, dass sie manchmal dachte, sie hätte schon immer so gelebt.

Ja, es waren schöne Zeiten als die ganze Familie noch beieinander war.

Nachdem Laura noch ein bisschen aufgeräumt hatte, legte sie sich schlafen, denn ihre Beine schmerzten und die Glieder taten ihr weh.

Morgen wollte sie dann den Rest vom Vortag erledigen, damit es wieder blitzblank in der Taverne aussah.

Am nächsten Morgen stand Laura früh auf und machte sich auf den Weg zur Taverne. Nur der alte Antonio war um diese Zeit schon auf dem Dorfplatz und schaute in die Runde. Er machte das jeden Morgen, denn er konnte nicht mehr so gut schlafen und war froh, wenn die Nacht vorbei war. Er wartete auf die ersten Frühaufsteher um mit ihnen ein Schwätzchen ab zu halten.

Als er Laura sah, ging er auf sie zu und sagte ich glaube, etwas geht hier vor.

Auf ihre Frage, was er denn meinte, entgegnete er:
„Heute Morgen waren schon Carabinieri im Ort und haben sich hier umgeschaut. Aber sie haben nicht gesagt, warum sie hier sind. Es war alles sehr, sehr geheimnisvoll."

Antonio spürte, dass etwas in der Luft lag.

Nach ein paar freundlichen Sätzen machte sich Laura wieder auf den Weg; weit hatte sie ja nicht zu laufen und sagte zum Abschied zu Antonio, er möge doch nachher auf einen Kaffee vorbei kommen.
Dieser bedankte sich und versprach zu kommen; eigentlich machte er das ja jeden Morgen, denn es war schon zu einem festen Ritual in seinem Leben geworden.
In der Taverne angekommen, öffnete Laura das einzige Fenster, um die kühle

Morgenluft herein zu lassen. Auch roch es nach Tabak und das mochte sie gar nicht. Die Männer rauchten alle; auch ihr Mann hatte geraucht.

Sie war in ihre Arbeit vertieft, als es an der Tür klopfte und gleich darauf kam Antonio herein. Er war ganz außer Atem und musste sich erst einmal auf einen Stuhl setzen. Laura reichte ihm ein Glas Wasser damit er wieder Luft bekam und nicht noch vom Stuhl fiel.

Nachdem er einigermaßen wieder ruhig zu atmen begann, sagte er ich habe es doch gewusst, es liegt etwas in der Luft. Die Carabinieri heute Morgen wollten etwas Bestimmtes. Sie waren noch einmal gekommen und dann haben sie Antonio, der ja noch immer auf dem Dorfplatz war, erzählt warum sie sich hier im Dorf umgeschaut haben.
Es sollte eine große Landstraße zu den einzelnen Dörfern gebaut werden, damit

man dort auch mit Autos hinkommen kann. Diese Straßen sollten dann alle auf die große Landstraße führen, die aus dem Norden kam und irgendwo vor ihren Dörfern endete.

Das schlug bei Laura ein wie eine Bombe.

Ihr erster Gedanke war, dass sie dann ihre Tochter und deren Familie öfter sehen könnte; ihr Herz fing vor Freude ganz wild an zu pochen und augenblicklich verspürte sie ihre müden Glieder nicht mehr. Eine ungeheure Energie überfiel sie, als ob es schon morgen so weit sein würde und sie sich auf den Weg machen könnte.

Wenn es doch so käme, dann kommen bestimmt auch an den anderen Tagen, außer dem Markttag, mehr Gäste in ihre Taverne. Aber alleine könnte sie die Arbeit dann nicht mehr schaffen.

Hunderte von Gedanken schossen ihr blitzschnell durch den Kopf und sie überlegte bereits jetzt, was zu tun war.

Laut sagte der alte Antonio – warten wir es erst einmal ab, eine Straße wurde uns vor Jahren schon versprochen und es hat sich bis heute nichts getan –.
Antonio war hier geboren und aufgewachsen; er kannte nichts anderes; aber Laura kam aus dem Norden und dort hatte sie die Veränderungen der neuen Zeit selber miterlebt.

Für sie stand es fest, eine Landstraße wird gebaut.
Dann würde es auch hier Busse geben, welche die Leute von einem Ort zum anderen bringen.
Sie freute sich so sehr, dass sie gleich ein fröhliches Lied anstimmte und Antonio ließ sich von ihrer Fröhlichkeit anstecken und sang mit.
Innerlich hoffte er ja auch, dass die Straße gebaut wird. Denn er hatte in einem der Bergdörfer einen Bruder wohnen, den er nun fast seit vierzig Jahren nicht mehr gesehen hatte.

Da beide seit ihrer Geburt ein Hüftleiden hatten und nicht richtig laufen konnten, war für sie der Weg durch die Berge, um einander besuchen zu können, unüberwindbar. Auch auf einem Maultier oder Esel wäre es nicht gegangen.

Damals, als sein Bruder zu einem Onkel in die Berge zog, war er ja noch jung und konnte mit Hilfe seiner Freunde diesen Schritt wagen; aber heute, wo sie beide schon alt waren und die Behinderung zu nahm, konnten sie nicht zueinander. Es wäre zu schön, wenn sie einander noch einmal sehen würden, bevor sie von dieser Erde gingen.

Der alte Antonio trank seinen Kaffee, wie jeden Morgen, und verabschiedete sich dann von Laura. Mittlerweile war der Dorfplatz voller Menschen und Antonio ging so schnell er konnte auf sie zu, um ihnen von der Neuigkeit zu erzählen.

Sie hörten ihm alle gespannt zu und dann begannen sie zu diskutieren, ob das auch wirklich stimmte. Aber alle waren erfreut über die Nachricht, denn ein jeder hatte, wie schon gesagt, in irgendeinem anderen Dorf Verwandte und Bekannte die er gerne besucht hätte.

So vergingen einige Wochen und es tat sich nichts.
Bis dann eines Morgens in der Frühe viele Männer mit Schaufeln und Äxten sich auf dem Dorfplatz versammelten. Sie mussten von Norden über die Berge gekommen sein, oder aber mit einem Boot über das Wasser. Auf alle Fälle kamen sie sehr früh und noch nicht einmal der alte Antonio hatte ihr Kommen bemerkt.

Er staunte nicht schlecht, als er die Männer auf dem Dorfplatz erblickte. Ging es nun endlich los? Wurde jetzt die Straße gebaut?

Es sah ganz so aus. Ihren Gesprächen entnahm er, dass sie extra deshalb hierher gekommen waren.

Es waren große, stark aussehende Männer, die den Eindruck machten, als hätten sie schon öfter eine Straße gebaut und von der Arbeit etwas verstehen würden.

Antonio unterhielt sich mit ihnen und erfuhr dabei, dass sie noch Freiwillige suchten, die ihnen bei der Arbeit helfen sollten.

Das würde kein Problem sein, denn jeder war bereit für den Fortschritt mit anzupacken.

So geschah es dann auch, dass gleich an die zwanzig Männer aus dem Dorf sich meldeten um beim Straßenbau zu helfen.

Eiligst gingen sie nach Hause um ihre Schaufeln und Spaten zu holen, um sich dann wieder auf dem Dorfplatz einzufinden.

Laura war mittlerweile auch zu dem Dorfplatz gekommen und hatte den fremden Männern von ihrer Taverne erzählt und das sie dort gern gesehene Gäste wären.

Dankbar nahmen die Männer ihr Angebot an und versprachen zu kommen um dort zu essen und zu trinken.

Sie mussten also über die Berge gekommen sein, denn ansonsten hätten sie die kleine Taverne gesehen die direkt am Strand lag.

Schnell ging Laura zurück zur Taverne um das Essen vorzubereiten und um es dann zu kochen, damit zur Mittagszeit alles fertig war. Bei der schweren Arbeit brachten die Männer bestimmt einen gewaltigen Hunger mit.

Rosa, ihre Nachbarin kam vorbei um ihr bei der vielen Arbeit zu helfen und Laura nahm die Hilfe dankbar an. Gemeinsam putzten sie das Gemüse, wuschen und schnitten den Salat und schälten die Kartoffeln und begannen mit dem kochen.

Dabei unterhielten sie sich und merkten

gar nicht, wie die Zeit verging, als schon die ersten Männer zur Taverne herein kamen. Sie setzten sich gut gelaunt an die Tische und bestellten Wasser und Wein.

Ihre Unterhaltung war laut und fröhlich, wie Menschen mit einer leichten, aber dennoch verantwortungsbewussten Lebensart es so an sich haben. Sie waren mit sich und der Welt in Frieden und das spürte man.

Laura servierte als erstes die Pasta mit Knoblauch.

Sie aßen alle zusammen aus der großen Schüssel die Laura vor ihnen auf den Tisch gestellt hatte. Es schmeckte ihnen hörbar und Laura war zufrieden.

Feine Tischmanieren hatte hier niemand; woher auch. Es wurde immer so gegessen und sie kannten es nicht anders.

Hauptsache sie hatten das Herz auf dem richtigen Fleck und weiß Gott, das hatte ein jeder von ihnen.

Später servierte sie den Männern die übrigen Speisen, welche ebenso genussvoll verzehrt wurden. Wie immer gab es reichlich Wein zum Essen und die Stimmung wurde immer ausgelassener. Lieder wurden nach dem Essen angestimmt und jeder sang aus vollem Herzen mit.

Jede Siesta ist einmal zu Ende und so gingen die Männer wieder ihrer Arbeit nach.

Rosa, welche die ganze Zeit bei ihr geblieben war, half ihr beim aufräumen und abwaschen. Dann musste auch sie gehen, um das Nachtmahl für ihre Familie zu kochen.

So vergingen Wochen und Monate und jeden Tag war die Taverne voll mit Gästen. Laura fühlte sich ausgelaugt und hundemüde. Die Knochen schmerzten und die Hände taten ihr weh von der vielen Arbeit. Solche Tage hatte sie sonst nur selten, da ihr die Arbeit keine Zeit zum

Nachdenken ließ. Sicherlich war es die körperliche Erschöpfung die sie oftmals übermannte und eine Traurigkeit aufkommen ließ. Sie setzte sich vor der Taverne auf einen Stuhl und wischte sich die Tränen von den Wangen. Aber diesmal liefen sie unaufhörlich und wollten nicht versiegen. Erst eine warme, weiche Stimme ließ sie hoch blicken und sie sah in ein paar wunderschöne braune Augen mit einem Lächeln darin.

Woher kam dieser junge Mann? Sie hatte ihn noch nie zuvor gesehen. Was wollte er hier? Gehörte er mit zu den Männern vom Straßenbau? So sah er eigentlich nicht aus denn seine Hände waren zart und nicht von der groben Arbeit rissig und spröde.

Er stellte sich ihr vor und sagte, sein Name wäre Stefano und er hätte gehört, dass sie Hilfe in der Taverne braucht. Er komme von der großen Insel, die von hier aus zu sehen ist. Seine Verwandten hätten ihm Bescheid gegeben, da er schon in einer Taverne gearbeitet hatte und auf der Suche nach einer Arbeit war. Laura hatte das Boot gar nicht bemerkt, so sehr war sie in ihre Traurigkeit versunken. Von der großen Insel gegenüber kam er also und sein Name ist Stefano; das hatte sie mitbekommen. Eine Hilfe konnte sie gut gebrauchen und wenn er schon Erfahrungen hatte, wäre er wohl der Richtige um sie zu unterstützen. Sicher hatte er auch eine Familie die er nachkommen lassen wollte. Er war zwar ein noch junger Mann, so ungefähr im Alter ihres eigenen Sohnes, aber der war ja auch bereits seit Jahren verheiratet; nur Kinder hatte er noch nicht.

Sie müsste dann wohl die ganze Familie in ihrem eigenen Hause unterbringen. Platz hatte sie dort genug, denn es war ja ursprünglich einmal für viele Personen gebaut worden.Er stand die ganze Zeit vor ihr und sah auf sie herunter. Er wagte es nicht sie noch

einmal anzusprechen und um ihre
Antwort zu fragen. Langsam hob Laura
ihren Kopf und sah zu ihm herauf. Sie
sah seine fragenden Augen und wischte
sich noch einmal mit dem Taschentuch
über die Augen.
Dann stand sie auf und bat auch ihn mit
hinein zu kommen. Sie fragte ihn, wer
denn seine Verwandten hier wären da sie
ihn nicht kannte und er antwortete, dass
die Familie von Rosa zu seiner Familie
gehörte und er der Großneffe von ihr ist.
Jetzt hatte Laura keine Zweifel mehr,
dass er der Richtige ist um ihr zu helfen.
Ihm konnte sie Vertrauen. So besprach
sie alles weitere mit ihm und fragte ihn
auch, ob er seine Frau und Kinder hier
her holen will?
Wie erstaunt war sie, als er ihr sagte,
dass er keine Frau und auch keine Kinder
habe. Verwundert sah sie ihn an und
dachte bei sich, dass er doch ein gut
aussehender Mann war und er doch
längst eine Frau hätte finden können.

Aber sie schwieg und fragte nur, ob es ihm recht ist, in ihrem Haus zu wohnen. Platz wäre genug und so wäre sie dann auch nicht mehr allein dort. Laura wusste, dass bei seiner Großtante Rosa kein Platz mehr war, um einen weiteren Menschen dort zu beherbergen.

Erfreut nahm er an und sie zeigte ihm den Weg zu ihrem Haus. Einen Schlüssel für die Tür gab es nicht, niemand verschloss hier seine Türen. Jeder vertraute jedem.

Stefano bedankte sich noch einmal bei Laura und machte sich auf den von ihr beschriebenen Weg zu ihrem Haus.

Eine ganze Weile sah sie ihm hinterher wie er mit leichtem Gang des Weges ging. Ein schöner Mann dachte sie im Stillen und keine Frau; das wollte ihr nicht in den Kopf.

Ja, das Leben geht manchmal seltsame Wege. Nur Gott weiß, wohin uns der Weg führt.

Dann wendete sich Laura wieder ihrer Arbeit zu, denn auch heute gab es, wie immer, viel zu tun und sie musste sich beeilen, um alles rechtzeitig fertig zu bekommen.

Allerdings war sie sehr erleichtert, dass sie ab morgen eine Hilfe hatte und wenn es stimmte, was er sagte, dann konnte er ordentlich mit anpacken.

Laura versorgte noch die letzten Gäste an diesem Abend und ging dann auch nach Hause. Aus der Taverne hatte sie noch die Reste des Essens eingepackt um sie für Stefano heute Abend warm zu machen.

Es war für sie selbstverständlich von nun an für ihn zu sorgen; und sie freute sich auch darauf. Plötzlich hatte sie wieder das Gefühl, dass sie gebraucht wird. Es sollte Stefano bei ihr nicht schlecht ergehen und sie wollte, dass er sich bei ihr wohl fühlte.

Als Laura ihr Haus erreicht hatte, bemerkte sie, dass es nach frischem

Kaffee roch und Stefano kam ihr zur Tür entgegen, um ihr die Sachen die sie bei sich trug abzunehmen. Er stellte alles auf den Küchentisch und entschuldigte sich sofort, dass er einfach Kaffee gekocht hatte, aber er dachte, wenn sie nach Hause kommt, würde er ihr gut tun. Gerührt über so viel Fürsorge sah sie ihn lächelnd an.

Lange war es her, dass ihr Mann ihr einen Kaffee zubereitet hatte wenn sie abends müde aus der Taverne kam. Sie setzte sich an den Küchentisch und Stefano schenkte ihr den Kaffee ein. Langsam Schluck für Schluck trank sie den heißen starken Kaffee und in ihr erwachten wieder die Lebensgeister.

Ihr fiel ein, dass sie ja für Stefano essen mitgebracht hatte und sofort stand sie auf, um es ihm auf dem Holzfeuer zu wärmen. Sicherlich hatte er die ganze Zeit noch nichts gegessen und war hungrig.

Stefano war hungrig und freute sich auf das Essen.

Er stellte eine große Schale auf den Tisch und holte zwei Gabeln aus der Schublade des Küchenschrank.

Sie sah es und dachte bei sich; auf der großen Insel essen also auch alle aus einer Schale.

Gut so, dann würde sich hier im Hause nichts an den Gewohnheiten ändern.

Es erinnerte Laura an früher, als sie alle aus einer Schale aßen.

Ihre Müdigkeit war vergessen und auch sie aß mit gutem Appetit. Es schmeckt eben doch besser in Gesellschaft, als allein zu essen. Viele Male hatte sie ihren Teller beiseite geschoben weil es ihr allein nicht richtig schmecken wollte, aber ab heute war das anders, denn Stefano war da und sie aßen von nun an gemeinsam.

Nach dem Essen zeigte sie Stefano sein Zimmer in dem er von nun an leben würde. Es war das ehemalige Zimmer ihres Sohnes und alle Möbel waren noch genauso darin wie damals, als er es verlassen hatte. Laura hatte nichts verändert, nur geputzt hatte sie es, als ob ihr Sohn jeden Moment zur Tür herein käme.

Mütter trennen sich schwer und auch Laura hing an den Erinnerungen. Ihr Sohn hätte sicher nichts dagegen, dass von heute an ein anderer in seinem Zimmer lebt. Es war ja nicht irgendwer, es war Stefano, den sie sofort in ihr Herz geschlossen hatte auf ihre mütterliche Art. Stefano holte noch seine Reisetasche aus dem Flur und wünschte Laura eine gute Nacht.

Auch Laura ging in ihr Schlafzimmer und legte sich sofort hin. Sie sprach noch ihr Abendgebet und schlief sofort ein.

Am nächsten Morgen stand Laura sehr früh auf und machte sich daran, den Ofen zu heißen. Trotzt der warmen Jahreszeit musste das sein, denn sonst hätte sie sich keinen Kaffee zubereiten können. Denn elektrisch gab es ja nicht. Nur einmal im Monat kam ein Boot mit Gasflaschen die dann an dem Herd angeschlossen wurden, doch waren diese oftmals leer, bevor eine neue Lieferung kam. Mehr als eine Flasche pro Monat konnte sie sich nicht leisten und so legte sie weiteres Holz auf das Feuer und der Schweiß lief ihr über die Stirn.

Heute war es wieder einmal unerträglich heiß und es war doch gerade erst sechs Uhr. Jetzt im Sommer gingen die Temperaturen zur Mittagszeit weit über vierzig Grad und niemand rührte sich mehr vom Fleck. Nicht einmal ein kleines Lüftchen kam vom Meer herüber und so dehnte sich die tägliche Siesta fasst bis zum frühen Abend aus.
Die Arbeiter,welche die Straße bauten, kamen schon kurz nach elf Uhr um ihr Mittagessen bei ihr in der Taverne einzunehmen und legten sich danach

unter die Palmen, die ein wenig Schatten
spendeten.

An Arbeit war bei dieser glühenden Hitze
nicht mehr zu denken.

Selbst die Schulkinder gingen früh nach
Hause um dann gegen sechs Uhr Abends
noch einmal für zwei Stunden die
Schulbank zu drücken.

Gott sei Dank hatten die Kinder ab
nächster Woche Sommerferien und
mussten erst im September wieder in die
Schule. Dann war es zwar auch noch
warm, aber erträglicher.

Denn kalt wurde es hier nie; nicht so wie
bei ihr im Norden, wo man einen Mantel
anziehen musste um im Winter nicht zu
frieren. Warme Kleidung besaß hier
keiner, da sie ja auch nicht gebraucht
wurde.

Das knistern des Feuers holte sie aus
ihren Gedanken und eilig füllte sie die
Blechkanne mit Wasser und den
Kaffeebohnen und stellte sie auf das
Feuer. Es dauerte nicht lange und das

Wasser fing an zu kochen. Langsam stieg der Duft des Kaffees durch das ganze Haus und Laura hörte das Knarren der Tür von Stefanos Zimmer.
Er war also auch bereits wach geworden.

Sie drehte sich zu ihm um und reichte ihm vom Küchentisch das Handtuch, das sie dort schon bereit gelegt hatte, damit er sich an der Pumpe waschen konnte.
Stefano wünschte Laura einen guten Morgen und machte sich auf den Weg nach draußen.
Es dauerte nicht lange, als er frisch gewaschen wieder ins Haus zurückkehrte. Laura hatte bereits zwei Tassen auf den Tisch gestellt, damit sie gemeinsam Kaffee trinken konnten.
Gegessen wurde so früh am Morgen nichts. So saßen sie beide da und genossen den warmen Kaffee und hingen noch eine kleine Weile ihren Gedanken nach.
Stefano zündete sich eine Zigarette an

und fragte Laura, ob er heute Morgen an den Strand zu den Fischerbooten gehen soll, um ein paar Fische für die Taverne zu kaufen.

Die Fischer waren gestern Abend raus gefahren um zu fischen. Sie blieben die ganze Nacht draußen und kamen erst in den frühen Morgenstunden mit dem fangfrischen Fisch zurück.

Laura überlegte kurz und dann sagte sie, er könne ruhig einige Fische kaufen, denn, da sie ja jetzt zu zweit waren, hätte sie auch die Zeit um zusätzlich noch ein paar Fische zu braten.

Außerdem war es eine Abwechslung auf dem doch sonst ziemlich eintönigen Speisezettel.

Die Gäste würden sich sicher darüber freuen.

So machte sich Stefano auf den Weg zum Strand und Laura ging wenig später hinunter zur Taverne.

Wie jeden Morgen öffnete sie zuerst das Fenster und machte dann in der großen

Herdstelle ein Feuer damit sie schon einmal das Wasser aufsetzen konnte. Sie wischte noch einmal mit dem Tuch über die Tische, damit es auch alles sauber war wenn die ersten Gäste kommen. Dann machte sie sich daran das Gemüse zu putzen und den Salat vorzubereiten. Auch stellte sie einige Weinflaschen bereit, damit sie es nicht machen musste, wenn die Taverne voller Gäste war. Laura dachte nicht daran, dass sie jetzt Stefano hatte, der ihr helfen konnte. Sie hatte es noch nicht verinnerlicht. Alles braucht seine Zeit.

Sie schnitt gerade die Auberginen, als sie Stefano durch das Fenster kommen sah. Freudestrahlend kam er mit zwei riesigen Fischen an und hielt sie Laura unter die Nase. Das waren wirklich zwei große Prachtexemplare und sie konnte viele Gäste damit bewirten. Das würde ein richtiges Festessen werden.

Stefano freute sich auch als er Lauras glückliches Gesicht sah. Er machte sich sofort daran, die Fische aus zunehmen und in Portionen zu zerteilen. Dann legte er sie in einen Krug den er mit einem Deckel verschloss.

Hinter der Taverne befand sich ein Brunnen und in den wollte er die Fische tun, damit sie nicht durch die Hitze schlecht werden würden. Er nahm sich das große Netz, das am Haken hing und legte den Krug dort hinein. Mit einem Band verschnürte er das Ganze und ließ es an dem Seil des Netzes in den Brunnen herab. Das kühle Wasser dort unten sorgte dafür, dass die Fische nicht verdarben.

Dort konnten sie bis zur Mittagszeit bleiben.

Anschließend half er Laura bei der weiteren Arbeit und sie unterhielten sich und scherzten miteinander; so, als ob sie einander schon immer gekannt hatten.

Sie mochten sich, ohne Zweifel.

Stefano stellte sich geschickt an, so dass er ihr eine wirkliche Hilfe war. Sie musste ihm nicht alles dreimal erklären, er tat es ihr gleich. Auch ihm machte die Arbeit zusammen mit Laura Spaß. Stefano hatte sich für den richtigen Weg entschieden als er sich entschloss, für Laura zu arbeiten. Laura schüttete gerade die Pasta in den großen Topf mit kochendem Wasser, als schon die ersten Männer des Bautrupps in die Taverne kamen. Sie bemerkten Stefano sofort und wollten wissen, ob er die neue Hilfe für Laura ist und woher er komme. Die Männer redeten miteinander um sich bekannt zu machen und auch, um Neuigkeiten von der Insel zu erfahren von der Stefano gekommen ist. Einige unter ihnen hatten dort Verwandte und so konnte Stefano ihnen berichten, was ihre Familien so machten und ob alle gesund und munter sind. Wieder einmal ging es hoch her in der Taverne und man lachte und scherzte und ein kleines bisschen machten sie sich auch über Stefano lustig; genauer gesagt, über seine zarten Hände und sie meinten, dass er bestimmt noch niemals in seinem Leben eine Schaufel in der Hand hatte. Stefano nahm es mit Humor und im Stillen gab er ihnen Recht. Es stimmte, er hatte noch nie mit einer Schaufel arbeiten müssen. Er verschwieg ihnen, dass er aus einer Lehrerfamilie stammte und auch er hatte studiert. Aber das ist schon eine Weile her und er war ja jetzt einer von ihnen; ein einfacher Arbeiter. So sollte es bleiben, denn er wollte nicht mehr an die alten Zeiten erinnert werden. Sie hatten ihm kein Glück gebracht. Seine Gedanken wanderten in die Vergangenheit und er merkte, dass sie auch nach all den Jahren noch schmerzte.

Während des Studiums hatte er sich unsterblich in eine Mitstudentin verliebt und er war sich sicher, das ist die Frau die er einmal heiraten wollte.

Er glaubte, sie würde ihn genauso lieben, aber das war ein Trugschluss.

Sie verlobten sich und zogen dann in eine gemeinsame, kleine Wohnung. Im Norden, wo sie studierten, waren die Sitten unter den Studenten nicht so streng. Man schaute einfach weg und tat, als würde alles in Ordnung sein. Ihre Eltern wussten ja nichts davon, dass sie zusammen lebten und die Vermieter interessierte nur das Geld für die Miete. Solange die pünktlich kam, ließen sie die beiden gewähren. Sie lebten schon eine Weile zusammen und es schien, als ob die Welt in Ordnung wäre. Bis zu jenem Morgen als seiner Verlobten schwarz vor Augen wurde und Stefano sie sofort zu einem Arzt brachte. Er machte sich große Sorgen, denn sie war doch immer kerngesund und munter gewesen.

Was konnte es sein?

Nach der Untersuchung kam der Arzt freudestrahlend auf Stefano zu und gratulierte ihm.

Er verstand nicht was los war und guckte den Arzt sprachlos an.

Mein Junge, du wirst Vater, sagte er und schüttelte Stefano die Hand. Stefano wusste nicht was er sagen sollte und nahm seine Verlobte in die Arme; er war überglücklich und sie schien es auch. Arm in Arm machten sie sich auf den Heimweg. Stefano war sich seiner Verantwortung ihr gegenüber bewusst und meinte, sie sollten so schnell wie möglich heiraten. Aber davon wollte seine Verlobte nichts wissen. Warte doch noch, sagte sie, lass das Kind doch erst einmal auf die Welt kommen; wir könnten dann zu Dritt heiraten.

So schnell können wir auch nicht alles vorbereiten, denn eine Hochzeit macht viel Arbeit und man müsse alle Verwandten und Bekannte einladen. Stefano wunderte sich, denn im allgemeinen würde hier jede schwangere Frau auf einer sofortigen Hochzeit bestehen, damit ja kein Gerede entsteht und sie kein uneheliches Kind zur Welt bringt. Damit käme doch heraus, dass sie schon vor der Hochzeit einander mehr als nur zugetan waren. So tolerant waren die Familien nun doch nicht.

Aber er konnte sie nicht umstimmen und selbst nach der Geburt ihres Sohnes wollte sie von einer Hochzeit mit ihm nichts wissen. Ihren Eltern hatten beide die Geburt des Kleinen verschwiegen. Stefano kümmerte sich rührend um seinen Sohn; er liebte ihn abgöttisch und konnte sich ein Leben ohne ihn nicht mehr vorstellen. Aber er verstand seine Verlobte nicht, warum wollte sie nicht seine Frau werden?

Bis sie ihm eines Tages sagte, dass es keinen Sinn mehr hat mit ihnen beiden; sie würde einen anderen lieben und zwar schon sehr lange.

Sie hatte ihm nur Theater vorgespielt und ihn in dem Glauben gelassen, dass auch sie ihn liebe.

Stefano war wie versteinert. Er verstand die Welt nicht mehr. Wozu kann ein Mensch fähig sein? Aber wieso hatte sie das Kind von ihm haben wollen?

Tausend Gedanken schossen ihm durch den Kopf und er fing hemmungslos an zu weinen. Ihre Worte zerschnitten ihm das Herz als sie sagte, sie hatte nur das Kind von ihm gewollt, weil der Mann, den sie liebte keine Kinder zeugen konnte.

Das war also die bittere Wahrheit.

Sie begann seine Sachen aus dem Schrank zu räumen und tat sie in einen Koffer. Dann sagte sie zu ihm, dass er gehen möchte, da sie von nun an mit dem anderen Mann leben werde und ihn auch heiraten würde. Den Kleinen wird er als eigen annehmen und er wird zukünftig sein Vater sein.

Zu ihm, Stefano, wird er niemals wieder Papa sagen.

Er sah seinen Sohn nur noch ein einziges Mal.

Stefano rannen die Tränen über das Gesicht und er bemerkte es erst, als Laura ihn am Arm fasste und beruhigend auf ihn ein sprach. Sie nahm ihn wie ein Kind in den Arm und tröstete ihn.

Langsam beruhigte er sich wieder. Wird dieser Schmerz denn niemals vergehen? Er dachte, mit der Zeit wird es erträglicher, aber er merkte, dass er sich geirrt hatte. Die Liebe zu seinem Sohn wird für immer in seinem Herzen sein. Er wird ihn niemals vergessen.

Es ist, wie die Alten sagen, eine wahre Liebe vergeht nie und man kann sie sich nicht aus dem Herzen reißen.

Das Schlimme an der ganzen Sache ist, dass er niemandem sein Geheimnis anvertrauen konnte und so musste er alles mit sich allein ausmachen. Wie gerne hätte er sich mit jemanden ausgesprochen; wie gerne ein mitfühlendes Wort gehört.

Aber er war allein in seiner Not und so würde es wohl auch für immer bleiben.

Laura gab ihm ein Taschentuch damit er sich abwischen konnte. Sie nahm einfach seine Hand und streichelte sie. Stumm nahm er ihren Trost an.

Die Arbeiter hatten sehr wohl mitbekommen, dass Stefano geweint hatte, aber die Menschen hier im Süden leben ihre Gefühle und es ist für niemanden hier ungewöhnlich, wenn ein Mann weint.

So wie hier gelacht wird, so wird hier auch geweint; egal ob Mann, Frau oder Kind.

Natürlich waren sie etwas bedrückt, denn sie sahen ja, dass er Kummer hat und hilfsbereit wie sie nun einmal waren, hätten sie ihm gerne geholfen. Aber Stefano sagte ihnen nicht warum er geweint hatte.

Laura brachte ihm ein Glas Wasser und einen Kaffee. Er trank beides und so langsam kam wieder etwas Farbe in sein Gesicht und er begann weiter zu arbeiten.

Die Pasta, die Laura in den Topf gegeben hatte, war heute leider etwas zu weich gekocht, aber das störte niemanden; sie aßen sie so, wie sie war. Dafür wurden sie dann mit dem leckeren Fischgericht entschädigt, das Laura zusammen mit Stefano für sie gekocht hatte.

Langsam wurde die Stimmung besser, zumal sich auch Stefano wieder beruhigt hatte und schon einige Scherze mit ihnen machte. Laura machte sich ihre eigenen Gedanken über den plötzlichen Tränenausbruch von Stefano und sie beschloss, ihn genau zu beobachten; vielleicht konnte sie ja herausfinden, was mit ihm los ist. Gefragt hätte sie ihn nie nach dem Grund. Er müsste es ihr schon von alleine erzählen.

So vergingen die Tage.

Sie machte gemeinsam mit Stefano die Arbeit in der Taverne und am Abend gingen sie zusammen nach Hause. Dort tranken sie noch einen Kaffee, besprachen den Tag und was Morgen gemacht werden müsste.

Dann wünschten sie sich eine gute Nacht und fielen müde in ihre Betten.

Laura wachte auf und bemerkte sofort, dass dieses kein Morgen wie alle anderen war. Sie lauschte nach draußen und auf einmal war sie hellwach.

Es regnete!

Schnell zog sie sich ihr Kleid über und lief nach draußen um über die Treppe auf das Dach ihres Hauses zu steigen. Sie musste den Deckel der Zisterne öffnen, damit sie das Regenwasser auffangen konnte.

Sie rannte zur hinteren Hauswand wo die Treppe war, als ihr schon Stefano entgegen kam und sie eiligst wieder ins Haus zog. Er hatte bereits vor ihr den Regen gehört und wusste was zu tun war. Alle hatten eine Zisterne auf dem Dach ihres Hauses. Denn Wasser war hier kostbar und es durfte kein Tropfen vergeudet werden.

Es goss in Strömen und er war bis auf die Haut nass geworden. Er schüttelte seine braunen Locken wie ein Hund und die Tropfen fielen auf ihr Gesicht. Lachend wischte er sie mit der Hand weg und lief dann in sein Zimmer um sich trockene Kleidung anzuziehen. Laura schlüpfte auch schnell in ein trockenes Kleid und machte sich dann daran, im Herd ein Feuer anzuzünden um den Kaffee zu kochen. Gemeinsam saßen sie dann, wie jeden Morgen, am Tisch und tranken Kaffee und genossen diesen kurzen Augenblick. Es regnete und regnete. Laut prasselte der Regen auf das Haus, aber für die Leute hier, klang es wie Musik. Denn es hatte seit zwei Jahren hier im Süden nicht mehr geregnet. Die Luft war drückend und der Schweiß kam aus allen Poren. Diese hohe Luftfeuchtigkeit machte ihnen zu schaffen. Aber dennoch freuten sie sich über den Regen, den das Land so dringend brauchte.

Alles war verdorrt und die Menschen ernteten nichts mehr.

Aber der ausgetrocknete Boden nahm die Feuchtigkeit nicht auf; er war steinhart geworden und so war es, als ob auf einmal ein Fluss durch das Dorf floss.

Vor Jahren war es einmal so schlimm gewesen, dass die Kinder des Dorfes sich kleine Boote bauten und durch das Dorf paddelten. Für die Kinder war das natürlich ein Riesenspaß von dem sie nicht genug bekommen konnten, aber für das Dorf war es eine Katastrophe. Der lehmige Boden verwandelte sich in hohen Schlamm und wenn man nach draußen ging, blieben die Schuhe darin stecken. Also ging man Barfuß und steckte dann fast bis zu den Waden in dem schlammigen Boden.

Hoffentlich hört es bald wieder auf zu regnen, damit so etwas nicht noch einmal passiert. Denn das hatte niemandem genützt.

Regen um ihre Felder zu bestellen und das ist nur möglich, wenn es nicht so doll gießt und sie dabei den Boden mit einer Hacke bearbeiten können um ihn aufzulockern, damit der Regen in die Erde sickern kann.

Na ja, wir müssen abwarten sagte Stefano und stellte seine Tasse auf den Tisch. Gemeinsam schauten sie nach draußen. Heute würde keiner der Männer vom Straßenbau arbeiten können und sie würden wahrscheinlich schon am frühen Morgen in die Taverne kommen, um dort ihren Kaffee zu trinken und um sich die Zeit zu vertreiben. Irgendwie müssten sie den Weg zur Taverne schaffen, sie wussten nur noch nicht wie. Da es noch sehr früh war, hatten sie auch noch ein bisschen Zeit und vielleicht hörte es bis dahin ja auf zu regnen.

Sie saßen beieinander und Laura erzählte Stefano etwas von ihren Kindern und den Enkeltöchtern. Auch vom Tode ihres Mannes erzählte sie ihm.

Aufmerksam hörte er ihr zu und als sie auch noch ein altes Fotoalbum aus der Schublade holte betrachteten sie gemeinsam die Bilder.

Jetzt war es Laura, die ein bisschen wehmütig wurde. Stefano bemerkte es sofort und streichelte ihr zärtlich über den Arm. Sei nicht traurig sagte er, jetzt hast du ja mich und kannst dich um mich kümmern.

Er war rührend in seinem Versuch sie zu trösten; aber es tat ihr gut. Sie wurden sich immer vertrauter und fasst könnte man meinen, benahmen sie sich wie ein altes Ehepaar. Mittlerweile verstanden sie sich auch ohne Worte. Auch der Altersunterschied war ohne Bedeutung, es war, als ob er nicht existierte.

Denn im Laufe der Monate, die Stefano jetzt bei ihr war, hatte sich ihr mütterliches Gefühl für ihn verändert. Immer mehr sah sie den Mann in ihm und es tat ihr gut, ihn an ihrer Seite zu haben.

Schon dieses morgendliche Kaffee trinken miteinander hatte sich zu einem Ritual entwickelt; einmal kochte er den Kaffee und ein anderes Mal sie. Da brauchten sie sich nicht abzusprechen, sie hatten ihren Rhythmus gefunden. Es wurde so normal, wie alles, was sie gemeinsam machten. Auch Stefano war gerne in ihrer Nähe und genoss das Kaffeeritual. Manchmal berührte er sie vorsichtig um dann verlegen zu schauen, wie sie reagierte. Aber Laura ließ sich nichts anmerken, zumal sie glaubte, dass es versehentlich passiert ist. Was sollte er wohl schon von ihr wollen? Auf solche Gedanken kam sie nicht. Laura konnte es sich gar nicht mehr vorstellen wie es einmal ohne ihn gewesen ist. Er benahm sich ihr gegenüber stets höflich und freundlich und beim Verlassen des Hauses, oder der der Taverne hielt er ihr die Tür auf. Ein einfacher Bauernsohn war er mit Sicherheit nicht, denn dafür waren seine Manieren zu gut.

Einmal hatte sie es ihm gesagt, dass sie es sehr zu schätzen wusste, wenn er ihr die Tür aufhält. Stefano hatte sie nur erstaunt angesehen, denn für ihn war es selbstverständlich, dass er es tat. Er ließ es Laura gegenüber niemals an Respekt mangeln, er war eben so erzogen, dass man sich einer Frau gegenüber höflich verhält. Langsam ließ der Regen nach und sie schauten, wie sie am besten zur Taverne hinunter kämen. Lass uns Barfuß gehen sagte Stefano und auch Laura war der Meinung, dass dieses die beste Lösung war. Zumal sie mit ihren Schuhen im Schlamm stecken geblieben wären. Obendrein hätten sie die Schuhe auch noch ruiniert. Sie machten sich auf den Weg und Stefano nahm ihre Hand, damit sie in dem Schlamm nicht fiel. Langsam gingen sie Schritt für Schritt voran. Die Gassen des Dorfes sahen aus wie eine einzige Schlammasse und sie konnten sich nur mühsam ihren Weg erkämpfen.

Eine Weile ging alles gut; dann rutsche Laura doch aus und Stefano konnte sie gerade noch auffangen und halten. Er hielt sie fest in seinen Armen und beide schauten sich verlegen an. Schnell ließ er sie wieder los und sie setzten ihren Weg fort. Keiner der beiden sagte ein Wort. Als sie die Taverne erreicht hatten, ließ Stefano ihre Hand los um die Tür zu öffnen. Da es mittlerweile aufgehört hatte zu regnen öffnete Laura auch heute, so wie jeden Morgen, das Fenster. Viel brachte es nicht, denn die Luft war schwül und feucht. Stefano fing an die Tische noch einmal ab zu wischen. Sie hatten es zwar gestern Abend vor dem nach Hause gehen gemacht, aber der feine Sand des Strandes ging durch jede kleine Ritze wenn es etwas wehte. Da heute Sonntag war, holte Laura die rot-weiß karierten Tischdecken aus der Kommode und sie legten sie gemeinsam auf die Tische. Die Wassergläser stellten sie anschließend auch schon darauf.

Wieder einmal musste der Herd geheizt werden, um Wasser zu kochen für den Kaffee und das spätere Mittagessen.

Die Tür der Taverne ging auf und herein kam der alte Antonio. Auch er war ohne Schuhe hier her gekommen und an seinen Füßen klebte der Schlamm, den er auch gleich in der Taverne breit trat.

Laura traute ihren Augen nicht, aber sie verkniff sich ein schimpfen. Schließlich konnte Antonio wegen seiner kaputten Hüfte nicht mehr richtig laufen und er war alt. Alten Leuten konnte man nicht mehr böse sein. Sie war froh, dass er den Weg ohne Probleme geschafft hatte und nicht noch irgendwo in den Matsch gefallen ist. Schnell holte sie einen Stuhl damit er sich darauf setzen konnte.

Dann holte sie eine Schale Wasser und ein Handtuch damit sie ihm die Füße säubern konnte. Antonio murrte ein bisschen, denn er war es nicht gewohnt, dass eine Frau an ihm herum zupfte. Die letzte die das tat, war seine Mutter und das war schon Ewigkeiten her. Laura ließ sich durch sein murren nicht stören und wusch ihm die Füße so gut es eben ging. Dann trocknete sie Antonio die Füße und gab ihm ein paar alte Schuhe, die noch von ihrem Mann in der Taverne waren. Laura hatte sie nie weggeschmissen und nun wusste sie auch warum.

Die Schuhe wurden von Antonio heute gebraucht. So macht alles im Leben seinen Sinn.

Alles ist vorher bestimmt, wir müssen es nur geschehen lassen.

Denn wie oft hatte sie die Schuhe schon verbrennen wollen und immer sagte etwas in ihr, tue es nicht und sie stellte sie wieder an ihren Platz zurück.

Antonio freute sich über die Schuhe, denn Laura hatte ihm gesagt, dass er sie behalten könnte. Etwas zu groß waren sie ja, aber wenn er seine Einlagen aus dem anderen Paar hinein legen würde, dann saßen sie bestimmt prima.

Auf einmal fiel ihm wieder ein weshalb er so früh gekommen war. Heute war Lauras Geburtstag und er wollte der erste sein, der ihr gratulierte. Jedes Jahr hatte er es so gemacht seit ihr Mann verstorben war und Laura freute sich immer sehr. Schnell stand er auf um zu Laura zu gehen und ihr zu gratulieren. Beinahe hätte er noch den Stuhl umgerissen auf dem er gesessen hatte. Es ging gerade noch einmal gut und so nahm er Laura in den Arm und wünschte ihr alles Liebe zu ihrem Geburtstag. Stefano schaute ganz erstaunt, denn er wusste es nicht, dass Laura heute Geburtstag hatte. Woher auch, sie hatten nie darüber gesprochen. Nun ging auch er zu Laura um zu gratulieren. Er gab ihr die Hand und in einem Moment des Übermutes drückte er ihr ein Küsschen auf die Wange. Er wurde richtig rot im Gesicht und erschrak über seine eigene Kühnheit. Doch Laura nahm es ihm nicht übel; es war doch nur ein Küsschen.

An seinem Blick erkannte sie, dass er sie mochte und das tat ihr gut. Sie kam in richtig gute Stimmung und stimmte eine alte Volksweise an, die beide mit sangen. Antonio setzte sich wieder auf seinen Stuhl und Stefano brachte ihm einen Kaffee, den er inzwischen gekocht hatte. Er stellte ein Glas Wasser gegen den Durst dazu. Jeder trank hier Wasser um seinen Durst zu löschen; es gab auch nichts anderes.

Es schmeckte gut, dieses klare Brunnenwasser und kühl war es auch. Laura bereitete wieder das Essen vor und Stefano leistete Antonio für einen kurzen Augenblick Gesellschaft. Er wusste, dass der Alte gerne ein Schwätzchen hielt und noch waren keine weiteren Gäste.

Nach ungefähr einer halben Stunde kamen die ersten Straßenarbeiter in die Taverne. Sie hatten gute Laune und scherzten und lachten bereits am frühen Morgen.

Antonio erzählte ihnen sofort, dass
Laura heute Geburtstag hat und ehe sich
Laura versah, wurde sie von allen
geküsst und gedrückt und jeder hatte
nur die besten Wünsche für sie. Einige
schwenkten sie so lange im Kreise, bis
ihr schwindelig wurde. Dann stimmten
sie alle noch ein Geburtstagslied an. Sie
sangen so laut, dass es bestimmt das
ganze Dorf mitbekommen hatte.
Aber was machte das schon. Jeder sang
hier und wenn die Fischer vom Meer
kamen, hörte man ihren Gesang schon
aus der Ferne. Es war reine Lebensfreude
und die hatten sie alle im Blut.
Nun mussten sich Laura und Stefano
aber sputen, denn jeder wollte Kaffee
und ein Glas Wasser.
Schnell schenkten sie die Tassen voll und
gossen das Wasser in die Gläser.
Die Männer erzählten und erzählten, als
hätten sie sich seit Wochen nicht
gesehen. Die meisten Geschichten
kannten Laura und Stefano, aber immer

wieder mussten sie lachen, als hörten sie diese das erste Mal. Wenn sie so fröhlich waren, waren sie wie die Kinder und konnten kein Ende finden.

Es ging schon auf Mittag zu und Laura gab die Pasta in den Wassertopf. Schnell reichte Stefano ihr die großen Schalen und legte dann die Gabeln und Löffel auf die Tische.

Er brachte auch noch das selbst gebackene Brot an die Tische und stellte auf jeden Tisch eine Flasche Rotwein. Statt des Wassers wurde mittags immer Rotwein getrunken, denn der passte wunderbar zu dem stets köstlichem Essen. Es war einfach, aber so gut zubereitet, dass manch einer mehr aß, als er vertragen konnte.

Jedes mal nach dem Essen musste der eine oder andere einen Knopf seiner Hose öffnen, weil ihm sonst die Puste ausging. Ihre Gesichter röteten sich vom Wein und sie waren alle restlos zufrieden.

Nur aus der Siesta unter den Palmen wurde heute nichts, denn noch war der Schlamm nicht getrocknet und so blieben sie auf ihren Stühlen in der Taverne sitzen. Auch Laura und Stefano ruhten sich ein wenig aus. Hinten in der Kammer stand eine kleine Liege und darauf legten sie sich abwechselnd. Einer musste ja vorne in der Taverne bleiben, falls noch weitere Gäste kommen. Laura hatte sich gerade hingelegt, als ihr auch schon die Augen zufielen und sie tief und fest ein schlief. Sie erwachte erst wieder als Stefano in der Küche mit den Tellern klapperte und sie wusste erst gar nicht, was los war. Dann stellte sie fest, dass sie ja noch in der Taverne war und erhob sich eiligst von der Liege. Merkwürdig dachte sie und ging in die Küche. Dort war Stefano damit beschäftigt, die Teller zu stapeln und von dem Geräusch war sie erwacht. Sie blickte sich um und stellte fest, dass alle Gäste gegangen waren.

Draußen war es schon dunkel und Laura schaute auf die Uhr um zu sehen wie spät es war. Mein Gott hatte sie lange geschlafen; es war schon Abend und die Gäste waren heimgegangen. Stefano hatte alles alleine gemacht und sie nicht geweckt. Das hast du dir an deinem Geburtstag auch verdient, einmal so richtig auszuschlafen sagte Stefano zu ihr und legte ganz sachte den Arm um sie. Ja, es hatte gut getan zu schlafen, denn trotzt der Hilfe die sie durch Stefano hatte, fühlte sie sich in letzter Zeit manchmal sehr müde.

Vielleicht sollte sie einmal wieder im Meer schwimmen gehen, das hatte ihr früher immer gut getan. Im Norden, wo sie her kam, gab es kein Meer in der Nähe und sie mussten erst mit dem Zug dort hin fahren. Laura schwamm gerne und als sie mit ihrem Mann in dieses Dorf zog, ging sie einmal in der Woche ans Meer um zu schwimmen.

Auch mit ihren Kindern waren sie immer

am Sonntag zum Meer gegangen und manchmal blieben sie den ganzen Tag. Die Kinder spielten, oder planschten im Wasser und sie konnte auch eine Weile schwimmen, während ihr Mann auf die Kinder achtete. Essen und Trinken hatten sie mitgebracht und so verbrachten alle zusammen einen schönen Tag.

Jetzt wollte sie nur noch nach Hause. Stefano schaute noch einmal ob alles in Ordnung war und dann verließen sie die Taverne um sich auf den Heimweg zu machen. Heute war Vollmond und so war es in den kleinen Gassen nicht so finster wie sonst, denn die meisten Leute schliefen schon um diese Zeit und hatte ihre Gaslampen gelöscht, so dass kein Licht mehr durch die Fenster nach außen schien.

Zu Hause angekommen öffnete Stefano die Tür und ließ sie voran gehen. Gleich neben der Tür hing die alte Gaslampe und sie zündete sie an, damit sie etwas sehen konnten.

Laura und Stefano gingen in die Küche um noch einen letzten Kaffee zu trinken bevor sie sich schlafen legten. Sie ging an ihm vorbei zum Schrank um die Tassen heraus zu nehmen. Im vorbei gehen nahm er sanft ihre Hand. Ein nie gekanntes Gefühl stieg in ihr auf. Ihr Herz fing heftig an zu klopfen und sie bemerkte die Wärme, die durch ihren Körper strömte. Laura ging schnell an ihm vorbei und hoffte, dass er es nicht bemerkt hatte. Nachdem das Feuer im Herd zu knistern begann, setzte Laura die Blechkanne mit dem Kaffee darauf und wartete bis der Kaffee kochte und fertig war. Das ging eigentlich immer recht schnell und so mussten sie nicht lange warten um den Kaffee trinken zu können. Sie wagten gar nicht einander anzuschauen und wenn sie ihn doch anblickte, merkte sie die Verlegenheit in seinem Gesicht. Ihr Körper glühte noch immer und sie wusste, dass es nicht von dem Kaffee kam.

Laura schaute Stefano an und auf einmal wurde ihr klar, dass sie dort drüben auf dem Stuhl nicht mehr denselben Mann sah, den sie heute Morgen noch dort gesehen hatte.

Sie sah ihn jetzt mit den Augen einer liebenden Frau. Wie konnte das geschehen? War sie zu lange alleine gewesen und ihre Gefühle spielten ihr einen Streich?

Ich werde mich doch nicht verliebt haben fragte sie sich selber.

Aber ihr wurde schnell klar, dass genau das in dem Moment, als er ihre Hand nahm, geschehen war.

In seinen Augen konnte sie sehen, dass er genauso fühlte wie sie. Er begehrte sie und sie hatte es vorher nicht bemerkt.

Heute Abend lag eine gewisse Spannung zwischen beiden und ein Gespräch wollte nicht so recht zustande kommen. Also wünschten sie sich eine gute Nacht und gingen dann in ihre Zimmer um zu schlafen.

An Schlaf war diese Nacht nicht zu denken. Unaufhörlich dachte sie an das Geschehene und wie es nun weiter gehen sollte. Die Unbeschwertheit mit der sie sich sonst neckten und ihre Späße miteinander machten, war auf einmal dahin. Dabei war doch noch gar nichts geschehen. Eine Berührung ihrer Hände kam doch des Öfteren vor. Das blieb gar nicht aus wenn man täglich miteinander arbeitete. Doch heute war es keine zufällige Berührung gewesen; Stefano hatte ihre Hand erfasst und sie hatte es geschehen lassen. Bei dem Gedanken daran, welche Gefühle es in ihr ausgelöst hat, wurde ihr wieder ganz warm ums Herz und sie merkte, dass eine heiße Glut ihren Körper durchströmte.

Laura überlegte ob es ihm dort drüben in seinem Zimmer genauso erging wie ihr und ob er auch nicht schlafen konnte. Selbst in der Dunkelheit ihres Zimmers konnte sie seine brennenden Augen sehen mit denen er sie ansah, als er ihre Hand nahm. Sie hatte recht mit ihren Gedanken. Stefano lag hellwach auf seinem Bett und machte sich Gedanken was nun werden sollte. Heute wurde es ihm bewusst, dass er sich schon vor einer ganzen Weile in Laura verliebt hatte. Dieser Gedanke beunruhigte ihn zutiefst. Er wollte sich nicht verlieben. Zu tief saß der Schmerz noch in ihm. Aber sein Herz zog ihn zu Laura. Er spürte, wie sehr er sie begehrte. Hatte das alles überhaupt einen Sinn? Laura könnte doch vom Alter her seine Mutter sein. Aber spielt das überhaupt eine Rolle? Fragt wahre Liebe nach Alter, Gut oder Geld?

Nein, alles wird so unwichtig wenn man sich nur aufrichtig liebt; und wie er Laura liebte, am liebsten würde er zu ihr herüber gehen und sie in seine Arme nehmen. Auch in ihm brannte ein Feuer wie schon lange nicht mehr und er würde alles dafür

, seine Sehnsucht und sein Verlangen zu stillen. Er wusste nur eines, er wollte in ihre Nähe und bei ihr sein. Mit diesen Gedanken schlief er ein und in seinen Träumen wurde er zum glücklichsten Menschen der Welt. Laura ahnte von alledem nichts und versuchte ihre Gedanken beiseite zu schieben um endlich schlafen zu können. Morgen lag wieder ein anstrengender Tag vor ihr und es war mittlerweile schon weit nach Mitternacht. Aber es half nichts, immer wieder spürte sie seine warmen, weichen Hände und sah seinen liebevollen Blick. Stefano, wenn du wüsstest, was du in mir ausgelöst hast; alle diese Gefühle, die schon seit vielen Jahren unter einer dicken Eisschicht verschwunden waren und an die ich nie mehr gedacht hatte. Sicherlich versuchte der eine oder andere Mann mit ihr zu flirten, aber Laura interessierte das nicht. Sie hatte ihren Mann gehabt und mit ihm die beiden Kinder bekommen, dass war ihr genug.

An eine neue Liebe hatte sie nie gedacht und eigentlich gefiel ihr auch keiner so recht. Nett waren sie alle, die sich um sie bemühten, aber mehr war es für sie nicht. Nein, sie war mit ihrem Leben zufrieden, auch wenn sie jeden Tag schwer arbeiten musste. Nun hatte sich alles geändert; durch eine zarte Berührung und den Blick seiner Augen. Irgendwann in dieser Nacht schlief auch Laura ein und erwachte erst, als sie ein klopfen an der Tür hörte. Schnell zog sie sich etwas über ihr Nachtgewand und ging zur Tür um sie zu öffnen.

Draußen stand der alte Antonio und sagte, dass er bereits vor einer Weile bei ihr geklopft hatte und sich Sorgen machte, weil die Fensterläden noch immer verschlossen waren. Denn normalerweise war sie um diese Zeit doch bereits in der Taverne. Ungläubig sah Laura ihn an und fragte wie spät es denn sei? Antonio erwiderte, dass es nach acht Uhr ist und er vermutet hatte, dass Laura krank ist. Auch Stefano hatte er heute noch nicht gesehen und so war er zurückgekommen um erneut bei ihr zu klopfen.

Laura bedankte sich bei Antonio und versicherte ihm, dass alles in Ordnung ist und sie nur die Zeit verschlafen hatte.

In diesem Moment hörte sie die Tür von Stefanos Zimmer, die immer ein wenig knarrte wenn sie geöffnet wurde.

Verschlafen stand er dort und konnte die Situation noch gar nicht begreifen. Was wollte der alte Antonio so früh hier?

Laura sagte ihm, dass sie beide heute Morgen verschlafen haben und Antonio kam, um nach dem rechten zu sehen, da er sich Sorgen gemacht hatte. Jetzt verstand Stefano und sah erschreckt auf die Uhr in seinem Zimmer.

Es war das erste Mal, dass sie beide nicht pünktlich aus dem Haus kamen.

Verlegen schaute er zu Laura und sah, dass sie bereits dabei war, den Morgenkaffee zu kochen.

Stefano ging in sein Zimmer um sich sein Handtuch und die Seife zu holen, damit er sich draußen beim Brunnen waschen konnte.

Den fertigen Kaffee stellte Laura auf den Tisch und dann ging sie in ihr Zimmer holte sich ein Handtuch und Seife um sich ebenfalls zu waschen.

Sie wartete bis Stefano wieder herein kam und ging dann zum Brunnen. Alles musste heute Morgen sehr schnell gehen, denn die Männer vom Straßenbau kamen pünktlich zum Frühstücken.

Als sie zurück kam, goss Stefano schon den Kaffee in ihre Tassen und hatte ein Stück Brot und etwas Käse auf den Teller gelegt. Laura ging in ihr Zimmer und zog sich an. Danach begab sie sich sofort in die Küche um mit Stefano Kaffee zu trinken.

Es lag eine eigenartige Spannung in der Luft und keiner mochte etwas sagen. Stefano vermied es sie anzusehen und Laura spürte das. Ihr sicherer Instinkt sagte ihr, dass es mit der Berührung ihrer Hand am gestrigen Abend zu tun hat. Hatte er es doch nicht so gemeint, wie sie es verstanden hatte? War es für ihn ein Spiel gewesen? Das vermochte sie nicht zu glauben, denn es war hier nicht üblich, jemanden zu berühren wenn man keine ernsten Absichten hat. Das wusste auch Stefano und er hatte sich ihr genähert. Aber was ist es dann, dass er sich ihr gegenüber so distanziert verhält? Laura fand keine Erklärung für sein Verhalten. Gemeinsam gingen sie dann, wie jeden Morgen, zur Taverne. Niemand sprach ein Wort und die Stimmung wurde immer gedrückter. An der Taverne angekommen, schloss Stefano die Tür auf und ließ Laura als erste hinein. Sie begab sich sofort in die Küche und machte den Ofen an um den Kaffee zu kochen. Stefano hantierte mit dem Geschirr und deckte die Tische, damit die Männer alles so wie immer vor fanden. Doch heute bereitete ihm die

Arbeit nicht viel Freude. Er überlegte die ganze Zeit, wie er Laura aus dem Wege gehen konnte. Einerseits sehnte er sich aber nach ihrer Nähe und wurde unruhig, wenn sie ihn eine Weile nicht beachtete und andererseits scheute er ihre Nähe.

Auch Laura hielt es kaum noch aus und sie dachte bei sich, dass sie ihn später fragen wird, was ihn so verändert hat. Es musste doch einen Grund dafür geben und den wollte sie erfahren.

Ungeklärtes war ihr einfach zuwider und damit konnte und wollte sie nicht leben.

Als sie so in der Küche ihre Arbeit verrichtete und gerade das Brot aus dem Schrank nahm, kam schon der erste Gast in die Taverne. Laura schaute kurz auf und dann sah sie, dass es kein Gast war, sondern Daniele, der Postbote. Er hatte, wie jeden Mittwoch, die Post vom Boot abgeholt und verteilte sie nun im ganzen Dorf. Wieso kam er zu ihr? Wer sollte ihr den schreiben? Oder wollte er nur kurz einen Kaffee trinken? Gleich darauf bekam sie die Antwort, denn Daniele fragte, ob Stefano da sei, er habe eine Postkarte für ihn. Neugierig, wie wohl alle Postboten, hatte er sich die Karte angeschaut und gesehen, dass sie für Stefano zum Geburtstag war. Er fragte Laura auch so gleich ob Stefano heute Geburtstag hat. Diese Frage konnte sie ihm nicht beantworten, denn darüber hatte sie mit Stefano bisher nicht gesprochen. In diesem Moment kam Stefano von draußen herein und Daniele gab ihm die Postkarte. Stefano nahm die Karte und ein Lächeln huschte über sein Gesicht. Die Post war von seinen Eltern. . Daniele fragte Stefano ob er heute Geburtstag hat, aber dieser verneinte und sagte, dass erst in zwei Tagen am 28.Juni sein Geburtstag ist. Laura hatte das auch gehört und dachte bei sich – ein Krebs ist er also –, vielleicht war das eine Erklärung für sein Verhalten.

Einen Schritt nach vorn und zwei Schritte zurück, wie die Meeresbewohner.

Oft hatte sie die Krebse beobachten können wenn sie am Strand war.

Ich werde heute Mittag zu Mariella gehen und mit ihr darüber sprechen, ob sich dieses Verhalten der Krebse auch bei einem Menschen bemerkbar macht; denn schließlich ist das ja ein Wasserzeichen.

Die weise Mariella wusste viele Dinge und immer wenn einer aus dem Dorf nicht weiter wusste, ging man zu ihr. Für alles und jeden hatte sie einen guten Rat und an ihrem Wissen zweifelte niemand. Schon ihre Mutter und Großmutter besaßen die Gabe aus der Hand oder dem Kaffeesatz zu lesen; ebenso spielten die Karten eine Rolle und geirrt hatte sich Mariella noch nie.

Aber erst einmal musste Laura ihre Arbeit machen und so schob sie diesen Gedanken erst einmal beiseite.

In diesem Moment kam Stefano zu ihr in die Küche um den Kaffee zu holen, denn mittlerweile waren die ersten Gäste eingetroffen. Die Männer hatten schon drei Stunden Arbeit hinter sich und nun wollten sie erst einmal einen starken Kaffee und dazu etwas zum Essen.

Stefano vermied es zu Laura zu schauen und das machte sie richtig wütend. Was soll das? Es reicht.

Sie stellte Stefano zur Rede, dass er so nicht richtig handeln würde, denn schließlich hatte sie ihm ja nichts getan. Verlegen stand er da und wusste nicht ein noch aus. Laura forderte ihn auf, mit ihr zu sprechen und sie merkte, wie ihm der Schweiß auf die Stirn trat und er sich wand wie ein gescholtenes Kind.

Er blickte sie nur unentwegt an und sie sah in seinen Augen wie lieb er sie hatte.

Sie sagte ihm, dass er so etwas doch nicht machen kann; gestern noch hatte er sich ihr genähert und heute würde er am liebsten vor ihr weg laufen.

Stefano rang mit sich und dann sagte er Worte, die Laura niemals mehr in ihrem Leben vergessen wird.

Ich möchte nur eine jüngere Frau und es hätte mit uns wohl keine Zukunft, da der Altersunterschied von fast 25 Jahren einfach zu groß ist.

Was hatte er da gesagt? Er wusste doch wie alt ich bin. Keine Zukunft, keine Zukunft hallte es ihr in den Ohren. Welche Zukunft? Wir haben doch noch nicht einmal eine Gegenwart. Welche Gedanken spukten ihm im Kopf herum? Laura war wie erstarrt; so hatte sie noch kein Mensch vorher gedemütigt. Sie schämte sich entsetzlich, dass sie geglaubt hatte er meinte es ehrlich als er ihre Hand nahm. Wie konnte sie nur so dumm sein und dennoch, sogar in diesem Moment, merkte sie wie ihr Herz schlug als sie ihn ansah.

Stefano schaute Laura an und fragte, ob er sie jetzt anfassen dürfte.

Ungläubig dessen was sie eben gehört hatte, konnte sie nur noch ja sagen und beide lagen sich in den Armen. Wie ertrinkende umklammerten sie sich, als wollten sie sich nie wieder los lassen.

Er hielt sie fest umschlungen und seine Hände begannen ihren warmen Körper zu streicheln. Laura hatte ihre Arme fest um Stefano gelegt und versank in seiner Umarmung. Wie gut er riecht dachte sie und als er sich zu ihr herunter beugte, um ihr den ersten Kuss zu geben, war es als ob sich die Erde unter ihr auftat und sie befürchtete ohnmächtig zu werden. Der Kuss raubte ihr die Sinne und sie hoffte, dass er nie enden würde. Seine warmen weichen Hände glitten unter ihre Kleidung und beide spürten ein unbändiges Verlangen zu einander. Ein Rausch überkam sie und sie küssten sich wieder und wieder.

Ihre Herzen rasten und sie waren schweißgebadet. Aber dennoch hörten sie nicht auf sich zu liebkosen und aus der Zärtlichkeit wurde wilde Leidenschaft bei der ihre Körper zu einem Rhythmus fanden. Sie dachten nicht daran, dass jeden Moment einer in die Küche kommen konnte und sie entdecken konnte. Sie hielten sich im Arm, ließen voneinander ab und umarmten sich erneut. Was wäre passiert, wenn sie nicht hier in der Taverne gewesen wären? Alles wäre passiert was unter Liebenden möglich ist. Nach einer Weile lösten sie sich voneinander; jeder sah das Glück in den Augen des anderen und Laura glaubte, jetzt wird alles gut. Das konnte nicht gespielt gewesen sein; seine Gefühle für sie waren echt. Voller Leidenschaft und dem Hunger nach Liebe. Sie hielten sich an den Händen und ihre Blicke sagten, dass sie sich beide lieb hatten. Schweren Herzens machten sich Laura und Stefano wieder an ihre Arbeit. Die Männer waren schon ungeduldig, weil es heute so lange dauerte bis das Brot gebracht wurde.

Sie konnten ja nicht ahnen, was in der Zwischenzeit geschehen war. Laura und Stefano hatten Mühe ihre Gefühle vor den anderen zu verbergen. Sie dachten, dass jeder es ihnen ansehen müsste, wie es um sie stand. Langsam beendeten die Männer ihr Frühstück und Stefano fragte, ob er ein bisschen spazieren gehen könnte. Er wollte einmal kurz ans Meer um seine Füße darin zu baden. Da er ihr sonst immer bei der Arbeit zur Seite stand, hatte Laura nichts dagegen. Im Gegenteil, es sollte ihm gut gehen und außerdem wollte sie heute Mittag zur weisen Mariella gehen. Sie wusch schnell die Teller und Tassen ab und machte sich dann auf den Weg. Die Sonne brannte als Laura die Taverne verließ. Sie setzte ihren Strohhut auf um wenigstens ein bisschen geschützt zu sein. Die Sommer waren heiß und nur vom Meer kam ein kleines Lüftchen. Heute machte es ihr nicht so viel aus. Bei dem Gedanken an Stefano und was passiert war, ging es ihr gut und ihr Herz machte Freudensprünge. Wärme durchströmte ihren ganzen Körper und ließ sie erschauern; und es war nicht die Wärme der Sonne, sondern allein der Gedanke an Stefano der dieses Gefühl in ihr auslöste.

Stefano, ich liebe dich.

Wie ist es möglich, dass man in so kurzer Zeit jemanden lieben kann? Aber es ist passiert. Vielleicht kommt es durch die Vertrautheit zwischen uns beiden, denn immerhin arbeiten wir seit fast zwei Jahren miteinander und unter meinem Dach wohnt er auch, dachte Laura bei sich. Diese Gefühle, die jetzt in ihr steckten, kannte sie nicht. Sie hatte ihren Mann sehr geliebt, aber dieses war etwas Neues. Noch nie war sie von einem Kuss fast ohnmächtig geworden und heute wäre es beinahe passiert. Aber in Stefanos Armen war sie sicher, das wusste sie. Nichts konnte ihr geschehen, so dachte sie.

Am Haus der alten, weisen Mariella angekommen rief Laura deren Namen und sofort hörte sie die Alte zur Tür schlurfen. Mariella schlief Mittags nie, denn sie sagte immer, wenn man so alt ist wie sie, dann braucht man nicht mehr soviel Schlaf und außerdem klopft der Schlaf der Ewigkeit bestimmt bald an ihre Tür. Sie ließ Laura eintreten und bot ihr einen Stuhl an. Lange sah sie ihr schweigend ins Gesicht und nahm dann ihre Hand. Laura wusste nicht, was das zu bedeuten hatte, aber sie wagte auch nicht die Stille zu durchbrechen. Dann begann Mariella zu sprechen. Du bist verliebt, sagte sie zu Laura, das ist nicht schwer zu erkennen denn dein Blick verrät es mir. Aber ist der, den du dir erwählt hast auch der Richtige für dich? Erzähle mir etwas über ihn bevor ich dir sage was ich gesehen habe. Laura begann über Stefano zu sprechen und auch über sein distanziertes Verhalten ihr gegenüber und was heute in der

Taverne passiert war zwischen ihnen beiden. Geduldig hörte Mariella ihr zu und unterbrach sie mit keinem Wort. Als Laura alles erzählt hatte schüttelte Mariella bedenklich ihren Kopf und sagte, es wird nicht gut ausgehen für dich. Du hast schon etwas von seinem Charakter zu spüren bekommen und es hat dir sehr weh getan; trotzdem liebst du ihn. Du warst zu lange alleine und sehnst dich nach Liebe, aber dieser Mann kann dir nicht geben was du möchtest. Er ist schon jetzt, bevor ihr euch überhaupt umarmt hattet einen Schritt zurück gegangen und glaube mir, er wird es wieder tun.

Du sagtest, sein Sternzeichen ist der Krebs und Krebse neigen dazu sich ganz schnell in ihr Krebshaus zurück zu ziehen wenn sie ein Problem haben. Da kommt dann keiner mehr an sie heran. Er wird dich mit deinem Kummer alleine lassen, auch wenn es ihm das Herz bricht wenn er dich leiden sieht.

Laura wollte nicht glauben was Mariella ihr sagte und widersprach ihr. Doch Mariella nahm Laura in ihre Arme und sagte, ich würde dir alles Glück der Welt gönnen, aber du wirst über diese Liebe für lange, lange Zeit unglücklich sein. Es ist nicht der Altersunterschied der ihn zurück weichen lässt, es ist sein unreifes Wesen, das ihn von dir zurück hält und ihn dennoch wieder in deine Arme treiben wird. Er hat zwar schon seine Erfahrungen im Leben gemacht und auch bittere, wie ich deiner Erzählung nach vermute, aber dennoch ist er noch nicht der Mann, der zu den Dingen stehen kann wenn die Gesellschaft dagegen ist. Er ist abhängig von dem Wohl wollen aller und du wirst ihn verlieren. Es ist besser, du vergisst ihn gleich, denn noch ist nicht allzu viel passiert zwischen euch. Weine nicht Laura, du hast mich gefragt und ich habe dir geantwortet; einen Krebs darf man nicht lieben; jedenfalls nicht solange er selber seinen

Weg noch nicht kennt und dein Stefano scheint so einer zu sein der noch auf der Suche nach sich selbst ist. Er meint es nicht böse mit dir und will dir bestimmt nicht wehtun, aber er wird es, denn er kann nicht anders handeln. Er mag dich und das weißt du auch, ebenso begehrt er dich denn du bist eine attraktive Frau und viele Männer wären glücklich wenn du sie erhören würdest, aber er kann nicht aus seiner Haut heraus und je mehr er spürt, dass du ihn liebst, desto weiter zieht er sich von dir zurück. Laura, schlage ihn dir aus dem Kopf, denn sonst werden Kummer und Schmerz dich zu Boden zwingen. Mariella nahm die noch immer weinende Laura in die Arme und versuchte sie zu trösten; aber die Tränen nahmen und nahmen kein Ende. Es dauerte eine ganze Weile bis Laura sich ein bisschen beruhigt hatte und wieder mit Mariella sprechen konnte. Sie sagte ich glaube nicht, dass er so mit meinen Gefühlen spielt, ich kenne ihn doch schon eine ganze Weile und er war immer gut zu mir. Wir verstehen uns gut und er hilft mir wo er kann. Ich habe doch heute Mittag gespürt, dass er mich lieb hat. Wie kannst du es wissen, dass er mich unglücklich machen wird?

Mariella ging nicht weiter auf Lauras Fragen ein, denn alle im Dorf wussten, dass man sich auf die Worte der weisen Frau verlassen konnte und sie nicht einfach nur so daher redete. Auch Laura wusste das, denn sonst wäre sie nicht zu ihr gegangen. Sie verabschiedete sich von Mariella und machte sich zurück auf den Weg zur Taverne. Schon von weitem sah sie Stefano und er winkte ihr zu. Sie winkte zurück und mit einem Mal waren die Worte von Mariella wie weggeblasen; alles wird gut, er ist da und wartet auf mich. Als sie dichter heran kam, sah sie wie sein Gesicht immer ernster wurde. Kein Lächeln war mehr vorhanden als er Laura anschaute. Sie wollte zu ihm gehen, ihn umarmen, aber er sagte „ich will das nicht", das was heute passiert ist, darf nicht wieder vorkommen. Sie war wie versteinert und dachte an die Worte von Mariella.

Weiter sagte Stefano zu ihr, er werde morgen für drei Wochen nach Hause fahren um seine Eltern zu besuchen. Dann machte er sich an seine Arbeit und tat so, als ob nichts geschehen ist. Für ihn war das also in Ordnung und wie es ihr damit ging schien ihm egal. Laura fühlte sich schlecht; umarmt und weg gestoßen! Sie verstand ihn nicht und dachte bei sich, dass er vielleicht denkt, dass sie eine leichtfertige Person sei die diese Dinge nicht so ernst nimmt und zu einem Späßchen bereit ist. Vielleicht hatte er sie deshalb umarmt? Aber das konnte doch nicht sein, dafür hatten sie doch über vieles gesprochen und waren über Gefühle, Partnerschaft und dergleichen einer Meinung gewesen. Auch kann es nicht sein, dass es ihn einfach übermannt hat, denn schließlich hatte er seine Erfahrungen schon hinter sich und mit fast vierzig Jahren sollte sich ein Mann schon unter Kontrolle haben und nicht mit den Gefühlen anderer spielen.

Alle diese Gedanken schossen ihr durch den Kopf, aber glauben konnte sie es selber nicht. Es passte nicht zu Stefano. Laura dachte, dass er sie nach wie vor gern hat und nur im Zwiespalt mit sich selber ist. Gleichzeitig schossen ihr seine Worte durch den Kopf

–ich will nur eine jüngere Frau –

Mein Gott taten ihr seine Worte weh; das Alter war für Laura nie ein Thema, sie fühlte sich nicht alt und Stefano sah in ihr bestimmt keine alte Frau, denn sonst wäre es nie zu Zärtlichkeiten zwischen ihnen gekommen. Aber jetzt wurde alles anders durch seine Worte. Stefano hatte sie verletzt, gedemütigt, weggestoßen. Seine Worte und sein Verhalten ihr gegenüber machten sie hilflos und schwach.

Sie beobachtete ihn bei der Arbeit und das Herz wurde ihr immer schwerer. Morgen würde er abfahren und seinen Geburtstag nicht mit ihr verbringen. Vielleicht war diese Trennung auch gut und wenn er zurück kam würde alles wieder so sein wie vorher. Er würde sie gern haben und in seine Arme schließen; so hoffte sie. Viel sprachen sie an nicht mehr miteinander, denn jeder war in seine Gedanken versunken. Es war das erste Mal, dass Stefano an diesem Abend nicht mit ihr gemeinsam nach Hause ging. Traurig machte sich Laura auf den Heimweg und legte sich sofort in ihr Bett. Schlafen konnte sie nicht, denn das Geschehene ließ sie nicht zur Ruhe kommen. Irgendwann hörte sie Stefano als er die Tür auf schloss und polternd ins Haus kam. Er hatte sich an diesem Abend betrunken.

Weinend lag sie in ihren Kissen und erst gegen Morgen kam für sie der ersehnte Schlaf.

Heute ist der 27. Juni und Stefano wird weg fahren. Das war ihr erster Gedanke als sie erwachte. Er wollte morgens das Boot nehmen, das ihn auf die große Insel von der er kam, bringen sollte. Hielt er es in ihrer Nähe nicht mehr aus? Laura begab sich aus dem Bett und ging nach draußen zum Brunnen um sich frisch zu machen. Ihre Augen brannten von den vielen Tränen die sie letzte Nacht vergossen hatte. Sie fühlte sich mit einem Mal wirklich alt und müde.

Ihr Herz und ihre Seele brannten vor Schmerz und doch konnte sie nicht mit Zorn an ihn denken. Ihre Gefühle für ihn hatten sich nicht verändert. Komisch, dachte sie, nicht einmal wütend kann ich auf ihn sein. Alles was sie wusste war, das eine unbändige Sehnsucht nach ihm in ihr steckte und ihr erneut die Tränen in die Augen trieb.

Stefano, bleibe bei mir schrie ihr Herz. Kein Ton kam über ihre Lippen und dennoch war es ihr, als ob alle ihre stummen Schreie hören konnten.

Heilige Mutter Gottes hilf mir, so flehte sie, aber der Schmerz der Liebe und Verletztheit wurde immer stärker.

Schnell nahm sie noch eine Hand voll kaltem Wasser und wischte sich damit über ihr Gesicht. Am liebsten würde sie sich gleich wieder in ihr Bett legen und die Taverne heute nicht aufmachen.

Aber das entsprach nicht ihrem Wesen; das hieße weg laufen vor der Situation und das gab es für Laura nicht. Sie hatte gelernt, sich den Dingen zu stellen, auch wenn sie noch so unangenehm, oder schmerzhaft waren. Nein, Laura war durch und durch wie ihr Sternzeichen; nämlich ein Schütze und der läuft niemals davon, auch wenn die Situation für ihn unerträglich ist, ein Schütze geht da durch und wenn es ihm noch so schwer fällt.

Schützen sind selbst in ihrer Schwäche noch stark; und was für ein Schütze

Laura war musste sie oft genug während ihres Alleinseins unter Beweis stellen. Deshalb konnte sie auch mit dem Rückzug von Stefano überhaupt nicht umgehen. Diese Wesensart war ihr vollkommen fremd.
Außerdem hätte sie es von einem Mann auch nicht erwartet. Vielleicht hatte die weise Mariella doch Recht, als sie ihr sagte, dass Stefano noch auf der Suche nach sich selbst ist und sich noch nicht gefunden hat. Was hatte ihn so gemacht?

Laura ging jetzt zurück ins Haus um den Morgenkaffee zu kochen. Von Stefano war nichts zu hören, oder zu sehen. Sicherlich schlief er noch seinen Rausch aus dachte sie.
Zum ersten Mal trank sie ihren Kaffee allein.
Laura wagte nicht an Stefanos Tür zu klopfen um ihn zu wecken und so machte sie sich nach dem Kaffee allein auf den Weg zur Taverne.

Dort angekommen, schloss sie die Tür auf und öffnete das Fenster damit die frische Morgenluft herein konnte. Jeder Handgriff fiel ihr heute Morgen schwer und sie hatte Mühe, sich auf die Arbeit zu konzentrieren. Alles was ihr vorher viel Spaß gemacht hatte wollte jetzt nur mühsam gelingen.

Wo blieb Stefano nur?

Jetzt war sie schon seit einer Stunde in der Taverne und von Stefano war nichts zu sehen. Durch die offene Tavernentür kam der alte Antonio herein und wünschte Laura fröhlich einen guten Morgen. Sie erwiderte seinen Gruß nicht so wie sonst, aber Antonio bemerkte es nicht.

Er setzte sich auf einen Stuhl und fragte Laura, ob sie schon einen Kaffee und ein Glas Wasser für ihn hätte. Laura brachte ihm das Gewünschte und noch einen Kanten Brot dazu. Sie wusste, dass der Alte nicht so viel Geld zur Verfügung hatte und sich darüber freute. Kaum hatte Laura die Getränke und das Brot auf den Tisch gestellt, erschienen auch die ersten Männer vom Straßenbau.

Laut und lustig wie jeden Morgen polterten sie in die kleine Taverne und ließen sich an den Tischen nieder. Sofort erzählten sie Antonio von den Ereignissen beim Straßenbau, die der Alte wissbegierig in sich aufnahm.

Es interessierte ihn nun einmal wie weit sie schon vorangekommen waren. Denn schließlich wollte er noch zu Lebzeiten seinen Bruder in den Bergen besuchen. Er freute sich sehr darauf und überlegte, wie er jetzt wohl aussehen würde und ob sie sich erkennen würden nach so langer Zeit. Aber natürlich würden sie sich erkennen; er wird wohl genauso alt und hässlich aussehen wie ich, dachte Antonio, denn schließlich sind wir doch Zwillingsbrüder.

Alt war Antonio wirklich, aber hässlich nicht, denn er hatte wunderschöne braune Augen in denen der Schalk und man sah ihm an, dass er in seiner Jugend ein fescher Mann gewesen sein musste; aber das war lange her.

So saßen sie alle zusammen und aßen und wie jeden Morgen und tauschten die neuesten Geschichten untereinander aus. Antonio war zufrieden mit dem was er hörte.

Zwei Jahre arbeiteten die Männer nun schon an der Straße und zwischen allen hatte sich eine herzliche Freundschaft entwickelt. Auch die Dorfbewohner konnten es sich gar nicht mehr vorstellen, wie es ohne diese Männer hier im Ort war.

Niemandem viel es auf, dass Stefano nicht da war und Laura nicht so fröhlich war wie sonst.

Stefano war noch immer nicht erschienen und so langsam begann sie sich um ihn zu sorgen und gerade, als sie Antonio bitten wollte, doch einmal bei ihr zu Hause nach ihm zu schauen, kam er herein.

Er hatte seine Reisetasche bei sich und schaute Laura verlegen an. Stefano ging zu ihr und sagte, dass er nur gekommen sei um sich von ihr zu verabschieden. Sei mir nicht böse sagte er zu Laura, ich wollte dir nicht wehtun. Auf ihre Frage, warum er es denn getan hat, gab er keine Antwort, sondern nahm seine Reisetasche und ging zur Tür hinaus. Die Männer in der Taverne wunderten sich als sie ihn gehen sahen. Sofort bestürmten sie Laura mit ihren Fragen was denn los ist. Sie erzählte ihnen, dass er für ein paar Wochen nach Hause fährt zu seinen Eltern und dann zurück will. Das verstanden die Männer und sofort nahmen sie ihre Gespräche wieder auf. Laura hatte alle Hände voll zu tun, denn nun war sie wieder allein mit der Arbeit. Vielleicht ist das auch gut so, denn dann blieb ihr nicht viel Zeit um über das Erlebte nachzudenken. Sie war unendlich traurig und ihr Herz klopfte, als wollte es zerspringen.

Laura bewirtete die Männer, aber ihre Gedanken waren bei Stefano. Sie war innerlich zerrissen, denn ihr Verstand sagte ihr, dass es besser ist wenn sie sich nie mehr begegnen würden, aber ihr Herz sprach eine andere Sprache. Sie konnte und wollte nicht daran denken, dass es für immer vorbei war. Schon die Gedanken an ihn brachten sie in einen bis dahin nicht gekannten Zustand und ihre Gefühle schlugen Purzelbäume.
Ihr wurde heiß und kalt zugleich wenn sie an seine Umarmungen dachte, an den ersten Kuss den er ihr gab und wie er zärtlich ihren Namen sagte. Nie hatte ihr Name aus dem Mund eines anderen so schön geklungen, denn eigentlich mochte sie ihren Namen nicht sehr gerne, da er ihr nicht melodisch genug klang.
Aber bei Stefano war eben alles anders und diese Gedanken lösten Glücksgefühle bei ihr aus.
Die Männer hatten fertig gefrühstückt

begannen nun, einer nach dem anderen, die Taverne zu verlassen. Auch der alte Antonio stand von seinem Stuhl auf und begab sich nach draußen. Nun war sie ganz allein in der Taverne zurück geblieben und auf einmal überkam sie eine unendliche Traurigkeit. Laura lehnte ihren Kopf an die Wand und fing an bitterlich zu weinen. Die Liebe zu Stefano zerschnitt ihr das Herz und seine Worte

„ich will nur eine jüngere Frau" die ihr nicht mehr aus dem Kopf gehen wollten, taten ein Übriges. Sie fühlte sich einsam und verlassen wie nie zuvor in ihrem Leben. Noch nie hatte sie ein Mensch so gedemütigt. Gleichzeitig hatten seine Umarmungen ihr bewusst gemacht, wie sehr sie sich nach Zärtlichkeit und einer Schulter zum Anlehnen sehnte. Aber, was noch schlimmer war, sie fühlte in jeder Faser ihres Herzens, wie viel Liebe sie zu geben hatte. Das Bewusstsein, dass es niemanden gab dem sie ihre Liebe schenken konnte, löste einen erneuten Tränenstrom bei ihr aus. Sicherlich liebte sie ihre Kinder und Enkelkinder sehr, aber das ist etwas anderes als die Liebe zu einem Mann und man kann es in keiner Weise miteinander vergleichen.

Doch, sollte es das Schicksal wollen und sie müsste sich zwischen einem Mann und ihren Kindern entscheiden, würde sie immer auf den Mann verzichten und wenn es ihr noch so schwer viele. Denn Laura war eine Mutter die niemals ohne ihre Kinder leben könnte; auch wenn sie nicht nahe bei ihr waren, aber in ihrem Herzen standen sie an erster Stelle; genauso wie ihre Enkelkinder.

Vielleicht kann man nicht beides haben und es ist Gottes Wille, dass sie den Rest ihres Lebens allein verbringen soll. Aber warum hatte er ihr dann Stefano über den Weg geschickt? Welchen Sinn sah er darin? Laura fand keine Antwort auf ihre Fragen und ergab sich erneut ihrem Schmerz. Nach einer Weile beruhigte sie sich etwas und machte sich daran das Geschirr abzuwaschen, denn es wurde nach der Siesta wieder gebraucht. Als sie ihre Arbeit beendet hatte, sah sie sich noch einmal um, ob auch alles seine Ordnung hatte und sie über die Mittagszeit nach Hause gehen konnte.

Es gab nichts mehr zu tun und so trat sie den Heimweg an.

Ganz in ihre Gedanken versunken bemerkte sie nicht, dass die wenigen Laute die noch auf den Straßen waren sie freundlich grüßten. Verwundert schauten sie hinter ihr her und machten sich so ihre Gedanken. Laura war bei ihrem Haus angekommen und ging sofort hinein. Die dunkle Kühle tat ihr gut, denn heute Morgen hatte sie die Fensterläden nicht geöffnet, da sie in Eile war. Sie legte sich auf ihr Bett und hing ihren Gedanken nach. Bildete sie es sich ein oder roch es im ganzen Haus nach Stefano? Eigentlich konnte das nicht sein, zumindest nicht in ihrem Zimmer, denn das hatte er niemals betreten. Sie hatte seinen Geruch noch immer in ihrer Nase und spürte die Wärme seiner Haut. Laura sah seine brennenden Augen vor sich und nach einer Weile fiel sie in einen tiefen Schlaf. In ihrem Traum war sie glücklich mit Stefano. Laura wachte durch Mariellas rufen auf und erhob sich aus ihrem Bett. Etwas schwindelig im Kopf machte sie sich auf, um die Tür zu öffnen. Mariella kam herein und begab sich schnurstracks in die Küche, um sich auf einem der Stühle nieder zu lassen. Laura folgte ihr, denn es war sehr selten, dass die weise Frau ihr Haus verließ; also bedeutete es sicher nichts Gutes das sie zu ihr gekommen war. Mariella schaute in Lauras verweintes Gesicht und fing sofort an mit ihr zu sprechen.

Sie machte Laura keine Vorwürfe dass sie nicht auf sie gehört hat, denn dazu kannte sie das Leben zu genau und wusste, dass das Herz nicht berechenbar ist.

Auch sie hatte in ihrer Zeit als junge Frau einen Mann abgöttisch geliebt und musste doch einen anderen heiraten. Damals war es noch so, dass die Eltern den Bräutigam aussuchten. Ihr ganzes bitten hatte nichts genützt.

Aber vergessen konnte sie Franco nicht; auch er wurde gezwungen eine andere Frau zu heiraten. So mussten sie sich in ihr Schicksal fügen und keiner von ihnen wurde richtig glücklich.

Besonders die erste Zeit war schlimm wenn sie einander begegneten und ein paar Mal trafen sie sich noch heimlich im Verborgenen.

Auf Dauer wurde das zu riskant und so blieb auch das nach einer Weile aus.

Ein Geheimnis hütete Mariella wie ihren Augapfel und niemand hatte je etwas davon erfahren. Dieses Geheimnis würde sie mit ins Grab nehmen, denn die Wahrheit würde nur für Unruhe und Aufregung sorgen, aber niemandem von Nutzen sein.

Ihr ältester Sohn war der Sohn von Franco, aber da er Mariella wie aus dem Gesicht geschnitten war, hatte auch niemand etwas bemerkt. Das Einzige was er von Franco mitbekommen hatte, war dessen Musikalität.

Ihr Pietro konnte genau so gut Mandoline spielen und hatte so eine wunderbare Stimme wie sein Vater. Sie liebte alle ihre acht Kinder, aber zu Pietro hatte sie ein besonderes Verhältnis.

Mariella wusste also wovon sie sprach als sie jetzt mit Laura redete.

Ich habe dich heute Nacht in meinen Träumen weinen gehört sagte Mariella zu ihr und ich wusste sofort, dass meine Befürchtungen eingetroffen sind.

Du bist unglücklich und das Herz ist dir schwer.

Laura, wach auf! Es gibt keine Zeit zum Träumen mehr in deinem Alter, du musst wieder zu dir kommen und die Dinge sehen wie sie sind, oder du wirst daran zerbrechen.

Der Verstand sagte Laura das Mariella recht hatte mit dem was sie zu ihr sagte, aber sie konnte sich ihre Liebe zu Stefano doch nicht so einfach aus dem Herzen reißen.

Es gab keinen Trost für Laura und so blieb sie gefangen in ihrer Welt voller Liebe und Schmerz.

Mariella sah, dass sie im Moment nichts für Laura tun konnte und machte sich wieder auf den Heimweg. Sie drehte sich noch einmal zu Laura um und sagte, wenn du mich brauchst, bin ich für dich da. Du kannst jederzeit zu mir kommen; denn sie wusste, dass der Tag kommen würde.

Dann ging sie ihres Weges.

Laura war unfähig auch nur einen vernünftigen Gedanken zu fassen; egal was sie machte, alles drehte sich nur um Stefano und manchmal hatte sie das Gefühl verrückt zu werden.

Es darf nicht sein, es darf nicht sein dachte sie unaufhörlich, er kann nicht mit mir gespielt haben.

So kann sich doch kein Mensch verstellen, oder bilde ich mir alles nur ein. Nein, ich spüre doch noch heute seine Umarmungen, seine Lippen auf den Meinen und höre seine Worte.

Laura stand auf und machte sich einen Kaffee. Sie hoffte, dass er ihren Kopf wieder etwas klarer machte. Sie zündete sich eine Zigarette an und sog den Rauch tief in sich hinein. Eigentlich rauchte sie sehr selten, aber heute spürte sie, dass es ihr gut tat.

Manchmal hatte sie gemeinsam mit Stefano geraucht und gerade in diesem Moment brauchte sie das gemeinsame

Ritual, auch wenn sie es heute alleine zelebrieren musste.

Sie klammerte sich an das Gewohnte und merkte, dass es ihr damit besser ging und so sollte es für lange Zeit bleiben; jedenfalls bis Stefano zurück kam.

Die Tage vergingen trotzt der vielen Arbeit langsam und Laura sehnte den Tag seiner Rückkehr herbei. Gleichzeitig hoffte sie jedes Mal wenn das Postboot kam auf ein Zeichen von ihm. Aber sie wartete vergebens und so lebte sie täglich mit ihrem gewohnten Ritual des Kaffee trinken und der Zigarette.

Sie merkte nicht, dass sie immer mehr in sich selber versank und die Umwelt kaum noch an sich heran ließ.

Zu den Männern in der Taverne war sie nach wie vor aufmerksam und freundlich und niemand konnte ihr verändertes Wesen wahrnehmen. Nur sie selber wusste, wie es um sie bestellt war.

Drei Wochen wollte Stefano wegbleiben und die waren bereits herum. Ihr wurde ganz bange ums Herz bei dem Gedanken, dass er vielleicht nie mehr zurückkommen würde.

Bis dann endlich am 23. Juli die Tür der Taverne auf ging und Stefano herein kam. Er strahlte sie an als ob nichts gewesen wäre und er ihr niemals mit seinen Worten weh getan hätte.

Stefano ging zu Laura in die Küche und als sie sich in die Augen sahen, brach ihr Verlangen füreinander aus ihnen heraus und sie lagen sich in den Armen. Leidenschaftlicher als zuvor küssten sie sich und ihre Hände glitten fordernd über ihre Körper. Sie streichelte ihn und bemerkte seine zunehmende Erregung. Er liebt mich doch, dachte sie und war wunschlos glücklich in seinen Armen. Sie konnten nicht genug voneinander bekommen und sein leises Stöhnen verriet ihr seine Gefühle. Jetzt wird alles gut; er ist zu ihr zurückgekommen.

Auf einmal ließ er von Laura ab und sagte, ich habe meine Meinung nicht geändert, ich will dich nicht;
– ich will nur eine jüngere Frau –

Laura war wie versteinert. Sie konnte nicht glauben was sie gehört hatte. Warum nimmt er sie dann in seine Arme? In diesem Moment brach abermals eine Welt für sie zusammen und doch schlug ihr Herz immer noch voller Liebe für ihn als sie ihn anblickte. Eigentlich müsste sie ihn dafür hassen, aber dieses Gefühl kam nicht. Vielleicht, weil sie ihn irgendwie verstehen konnte? Es entspricht hier auf den Inseln der Normalität, dass ein Mann ruhig einige Jahre älter sein kann als die Frau, aber umgekehrt? Vielleicht fünf Jahre, das wäre auch hier denkbar, aber fasst fünfundzwanzig Jahre. Sie konnte sich nicht daran erinnern, dass sie schon einmal davon gehört hatte, dass es so etwas gegeben hatte.

Gemeinsam setzten sie sich an den Küchentisch und tranken einen Kaffee. Stefano erzählte ihr von daheim und wie er die Wochen verbracht hatte. Für ihn war die Zeit nicht lang geworden, da er seit fasst zwei Jahren alle Freunde und Bekannte einmal wieder getroffen hatte. Seine Familie hatte ein großes Fest für ihn veranstaltet und alle waren gekommen um mit zu feiern. Es wurde bis in die Morgenstunden gefeiert mit viel Musik und Tanz.

Laura hörte ihm aufmerksam zu und sah wie glücklich er war. Seine Familie fehlt ihm, dachte sie und vielleicht hatte er sich ihr deshalb genähert um Wärme und Geborgenheit zu finden. Natürlich sehnt ein Mann sich auch nach der Liebe einer Frau und deshalb war das Ganze mit ihr vielleicht außer Kontrolle geraten. Sie war ihm seit zwei Jahren vertraut und sie verstanden sich gut; er konnte bei ihr alles finden was er suchte.

Solange er bei ihr war und sie umarmte war das auch in Ordnung, nur sobald er sich umdrehte war da wieder die andere Welt und in der passten sie beide nicht zusammen; jedenfalls nicht, solange Stefano nicht über seinen Schatten springen konnte und ihm die Verhaltensregeln der Gesellschaft mehr bedeuteten als seine Gefühle zu ihr.

Aber wer sagte ihr, dass es nur der Altersunterschied und die Vorstellungen der Gesellschaft waren, die ihn handeln ließen? Obwohl er es betont hatte, dass er kein Spiel mit ihr spielte, war es für ihn vielleicht doch eines?

Hatte er sie für seine Selbstbestätigung und seine Eitelkeit benutzt?

Er ist ja schon der Typ, der mit allen gut auskommen möchte und einer Konfrontation eher aus dem Wege gehen würde, als sich ihr zu stellen.

Wie konnte sie da sicher sein? Sie selbst hätte ihm das niemals angetan; ihm nicht und keinem anderen Menschen.

Das Schlimmste ist, dass Stefano es ihr nicht erklärte, warum er so handelte. Vielleicht kann er es sich selber nicht erklären. Aber er bemühte sich nicht einmal es zu versuchen.

In ihre Gedanken hinein sagte Stefano, dass es wohl besser sei nicht mehr bei ihr zu wohnen; aber arbeiten wollte er weiter für sie. Noch ein Hieb der sie traf. Laura ließ sich nichts anmerken und gab ihm den Rat, doch bei der weisen Mariella einmal nach einem Quartier zu fragen.
Sie wusste, dass dort oben im Haus eine Reihe von Zimmern leer stand und etwas Geld konnte Mariella sicherlich auch gebrauchen. Stefano nahm ihren Rat dankbar an und sagte, er wolle sich gleich dort hin begeben und fragen. Seine Reisetasche würde gleich mitnehmen, aber am Abend würde er kommen um ihr bei der Arbeit zu helfen.

Somit ließ er Laura allein und machte sich auf den Weg.

Pünktlich zum Abend kam Stefano in die Taverne zurück. Er hatte bei Mariella ein Zimmer bekommen und kosten sollte es auch nicht viel.

Die Taverne war schon voller Gäste denn heute sollte gefeiert werden. Die Männer hatten fast die ganze Landstraße fertig gestellt und sie brauchten nur noch ein paar Tage bis ihre Arbeit erledigt war. Dann würden sie die Insel verlassen auf der sie zwei Jahre gearbeitet hatten.

Einige von ihnen hatten während der ganzen Zeit ihre Familien nicht zu Gesicht bekommen und freuten sich mächtig auf das Wiedersehen. Vor allem sehnten sie sich nach ihren Kindern, denn einige waren noch sehr klein als die Väter sie verlassen mussten. Es würde sicherlich zu Anfang schwierig werden, da die Kleinen ja nicht wussten wer sie waren und es würde dauern bis

sie ihre Herzen gewinnen konnten.
Heute wollten sie erst einmal feiern und
fröhlich sein; das hatten sie sich auch
alle redlich verdient. Es war eine
schwere körperliche Arbeit die sie
geleistet hatten und ein jeder hatte sein
Bestes gegeben. Konnten sie doch vor
Ort miterleben, wie sich die
Dorfbewohner über die Straße freuten.
Viele Männer des Dorfes waren heute
Abend in der Taverne anwesend um mit
ihnen zu feiern und später, wenn die
Kinder schliefen, sollten die Frauen
auch noch dazu kommen. Dann würden
sie bis in die Morgenstunden tanzen
und singen und wie immer wenn es ein
Fest gab, spielten Antonio und Gaetano
auf ihren Mandolinen. So machte das
Leben Spaß und es war ein Dorf voller
Lebensfreude an diesem Abend und in
dieser Nacht.
Laura besprach mit Stefano die
Einzelheiten für den heutigen Abend.
Einiges hatte sie schon vorbereitet, aber

vieles musste noch gemacht werden. Stefano kannte ja alles schon und so konnte er sich ohne weitere Fragen an die Arbeit machen. Eine Spannung zwischen ihnen lag in der Luft, aber heute Abend war keine Zeit darüber nachzudenken.

Mit vereinten Kräften schafften sie alles pünktlich zum Festbeginn.

Der Wein floss in Strömen und je mehr sie tranken, desto durstiger wurden ihre Kehlen. Sie machten sich über das gute Essen her und ihre Laune wurde von Stunde zu Stunde übermütiger.

Laut schallten ihre Lieder zum Klang der Mandolinen durch die Nacht. Es war eine Nacht, wie Laura sie immer geliebt hatte, doch heute war sie froh, als das Fest endlich vorbei war und auch der letzte nach Hause ging. Sie hatte genug und wollte nur noch alleine sein.

Auch Stefano konnte sie jetzt nicht mehr ertragen. Es war einfach zu viel für sie. Laura sagte Stefano, dass sie heute Abend nicht mehr aufräumen würden und er sich auf den Heimweg machen könnte. Erstaunt blickte er sie an und erwiderte, dass er mit ihr gemeinsam gehen werde, da ihn sein Weg zum Haus von Mariella, sowieso an ihrem Haus vorbei führen würde.

Laura war zu müde um noch etwas zu sagen. Also machten sich beide auf den Heimweg und wünschten sich eine gute Nacht bevor Stefano weiter ging. Drei Tage arbeiteten sie beide Hand in Hand und nur ihre Blicke verrieten wie es um sie stand. Aber jeder vermied es, dem anderen zu Nahe zu kommen. Am vierten Tag konnte Laura seinen traurigen Blick nicht länger ertragen und nahm Stefano einfach in ihre Arme. Als ob er nur darauf gewartet hatte.

 Er umschlang sie und hielt sie fest, als ob er sie nie mehr loslassen wollte.

Die Leidenschaft und Begierde überrollte beide und sie küssten sich immer und immer wieder.

Ihre verlangenden Hände nahmen von ihren Körpern Besitz und vergaßen alles um sich herum. Nur sie beide waren noch auf dieser Welt. Laura wurde erneut schwindelig in seinen Armen und er hielt sie fest an sich gedrückt, so dass ihre Körper eins miteinander wurden. Er küsste zärtlich ihren Hals und schmiegte sich fest an sie.

Das konnte kein Spiel sein, er muss doch genauso viel für mich empfinden wie ich für ihn dachte Laura. Sie war so glücklich in seinen Armen und alle Zweifel in ihr waren wie weggewischt. Stefano sah ihr in die Augen und küsste sanft ihre Stirn um dann seinen Kopf darauf zu legen. So hielten sie sich eng umschlungen und warteten darauf, dass sich das heftige Schlagen ihrer Herzen wieder beruhigte.

Dieses mal sagte Stefano nichts als er sie aus seinen Armen frei gab.

Beide machten sich wieder an die Arbeit. Ihre Stimmung war gut und sie lachten und scherzten miteinander wie schon lange nicht mehr. Laura sagte zu Stefano, wer hat schon so einen Arbeitsplatz wie wir; mit soviel Zärtlichkeit und Liebe zwischen der Arbeit. Stefano lachte und schaute sie verliebt an.

In den nächsten Tagen hatten sie keine Zeit sich einander zu nähern, denn die Taverne war von morgens bis abends voller Gäste. Mit dem letzten Boot waren die Ingenieure vom Festland gekommen, welche die Straße begutachten sollten bevor sie für alle freigegeben werden sollte. Da diese auch in der Taverne aßen und tranken, denn ein anderes Wirtshaus gab es im Dorf nicht, hatten Laura und Stefano alle Hände voll zu tun.

Von morgens bis zum späten Abend ging es zu wie in einem Taubenschlag; aber das brachte auch ein hübsches Sümmchen in die Kasse und das konnte Laura gut gebrauchen. Sie musste sich

Kleidungsstücke nähen lassen und ein Paar Schuhe waren längst fällig. Bei ihren waren die Sohlen schon seit einiger Zeit durchgelaufen und so manch ein Stein blieb darin stecken und verursachte ihr Schmerzen beim gehen. Abends brachte Stefano sie bis zu ihrer Tür, aber er kam nie mit hinein.

Nicht einmal auf einen gemeinsamen Kaffee so sehr Laura ihn auch darum bat. Erzwingen kann man nichts und erklären wollte er nichts; so fand sich Laura damit ab.
Sie wünschten sich eine gute Nacht und gingen auseinander. Laura fiel sofort erschöpft auf ihr Bett und kurz darauf war sie eingeschlafen. Sie hatte sich nicht einmal die Mühe gemacht ihr Kleid abzustreifen, so müde war sie.

Es war der zweite August als die ersten Männer des Straßenbaus die Insel verließen.

Lang und ausgiebig verabschiedeten sie sich von den Dorfbewohnern, die extra zum Strand herunter gekommen waren. Das Boot sollte erst in einer Stunde kommen und so machten sie es sich dort gemütlich. Vorher hatten sie sich aus der Taverne mit Wein versorgt, den sie gleich aus den Flaschen tranken.

Laura und Stefano machten derweil ihre Arbeit und niemand kann sagen, wie es geschah!
Plötzlich lagen sie sich wieder in den Armen und ihre Lippen suchten einander. Wieder war da dieses Verlangen nach einander und wieder trennten sie sich um ihre Arbeit zu machen. Es wiederholte sich noch dreimal. Bis dann, am achten August, Stefano zu ihr sagte, es ist vorbei.
Aus – Schluss – Ende!

Ich will das nicht mehr!

Er hatte es schon einige Male gesagt und immer wieder waren sie sich in die Arme gefallen. Doch dieses Mal schien es ihm ernster als zuvor. Laura merkte es an dem Ton in seiner Stimme. Er gab ihr die Schuld, weil sie die Finger nicht von ihm gelassen hatte, aber sie hatte nur versucht, ihn für sich zu gewinnen. Das kann doch nicht verwerflich sein um etwas zu kämpfen was man liebt; und sie liebte ihn so unendlich. Die ganze Verzweiflung, die sich in ihr angesammelt hatte, brach aus ihr heraus und sie versuchte ihn mit Worten um zustimmen.

Aber Stefano ließ nicht mit sich reden. Er wandte sich ab und verließ die Taverne.
Allein gelassen fühlte sie sich erschöpft und unsagbar traurig. Wie sollte sie diesen Tag überstehen ohne dass man ihr etwas anmerken würde. Sie wusste es nicht.

Stefano, komm zurück, schrie ihr Herz;
aber er konnte es nicht hören.
Irgendetwas geschah in ihr. Ihr war, als
ob ihr Körper leer wurde und nur noch
 seine Worte darin Platz fanden.

Ich will nur eine jüngere Frau; ich will
das nicht mehr; Aus, Schluss, Ende.

Diese Worte wiederholten sich in ihrem
Inneren immer und immer wieder, bis
die Traurigkeit von ihr Besitz ergriff.
Ein nie gekanntes Gefühl von Schwäche,
Hilflosigkeit, Verzweiflung und
Einsamkeit tat sich in ihr auf und auf
einmal hatte sie durch seine Worte ihr
Alter vor Augen.
Nie zuvor hatte sich Laura darüber
Gedanken gemacht, denn sie war stark,
hatte ein gesundes Selbstbewusstsein
und stand mit beiden Beinen im Leben
und eine Ablehnung wie diese hatte sie
auch noch nie erfahren.
Seine Worte hatten alles verändert.

Laura fing an über sich nachzudenken und merkte, wie einsam sie eigentlich war.

Welche Sehnsucht nach Liebe in ihr steckte und wie viel Liebe sie in sich hatte, die sie Stefano gerne gegeben hätte.

Am allerschlimmsten jedoch war für sie, dass er ihr das Alter vor Augen geführt hatte und ihr damit zu verstehen gab, dass es für sie kein Glück mehr gibt.

Stefano hatte ihr seine Worte ins Bewusstsein gebrannt und sie konnte nicht damit fertig werden.

Von Tag zu Tag ging es ihr schlechter und sie wusste sich nicht mehr zu helfen. Sie fragte sich oft nach dem Sinn des Ganzen und wie sie ohne ihn weiter Leben sollte.

Er kam auch nicht mehr in die Taverne um zu arbeiten.

Er ließ sie einfach allein und zog sich nach typischer Krebsmanier ganz und gar von ihr zurück.

Wenn er ihr wenigstens erklären würde, warum er sich so verhält, dann könnte sie ihn vielleicht verstehen; aber nichts dergleichen geschah.

Mariella hatte Recht gehabt mit ihren Worten; er wird dich unglücklich machen, denn er denkt nicht wie du.

Aber Laura wollte ja nicht auf ihre Warnungen hören.

Laura hatte Stefano am sechsten September einen Brief geschrieben, in dem sie ihm noch einmal ihre Liebe erklärte und ihn bat, er möchte doch wieder kommen.

Zum Nikolaustag hatte sie zu ihm gesagt, als sie es ihm gab und er lächelte.

In einem plötzlichen Gefühlsausbruch sprang er auf von dem Stuhl auf dem er gesessen hatte und riss Laura in seine Arme. Er hielt sie so eng und fest an gedrückt, dass ihr kaum noch Luft zum atmen blieb.

Er hielt sie in seinen Armen und wieder kam es zu leidenschaftlichen Küssen.

Als sie voneinander ab ließen sagte er vorwurfsvoll zu ihr

„ und wieder haben wir uns geküsst".

Er war es doch, der sie in seine Arme gerissen hatte und nicht sie.

Auf ihren Brief bekam sie keine Antwort und er überließ sie sich selbst.

Laura fiel in eine tiefe Depression und nur die weise Mariella hätte ihr helfen können; aber da konnte sie nicht hin, denn dort war Stefano und der wollte sie nicht sehen.

Er hatte Laura mit seinem Verhalten und seinen Worten die Lebensfreude genommen und sie wollte und konnte nicht mehr. Sie wünschte sich ein Ende herbei, so sehr litt sie.

Ob es ihm überhaupt bewusst war, was er ihr angetan hatte?

Konnte er so egoistisch sein und nur an sich denken?

Laura hatte viele Fragen auf die sie keine Antwort bekam.

Als sich ihre Depression verschlimmerte begann sie ihre Erlebnisse mit Stefano aufzuschreiben.

Es war für sie die einzige Form das Geschehene zu verarbeiten, um nicht für immer in ein tiefes schwarzes Loch zu fallen. Soweit konnte sie noch klar denken, aber alles andere in ihr war chaotisch.

Ihre Gefühle für Stefano waren ungebrochen und sie dachte nur noch an ihn. Wie kann es angehen, dass ich ihn immer noch Liebe und ich mir nichts sehnlicher wünsche, als dass er zurück kommt?

Ist das Liebe oder Dummheit? Laura hatte viel Zeit zum nachdenken, denn die Taverne hatte sie für den Rest des

Monats geschlossen. Sie brauchte die Zeit für sich um aus ihrer Krise heraus zu kommen. Menschen konnte sie dabei nicht gebrauchen; sie brauchte die Stille ihrer vier Wände, die ihr Geborgenheit und die nötige Ruhe gaben.

So begann Laura ihre Geschichte mit Stefano aufzuschreiben.

Am einundzwanzigsten September bat sie Stefano zu sich, um ihm das Geschriebene zu geben.
Sie hatte alles liebevoll zu einem Büchlein gebunden und gab es ihn. Er nahm es an und bedankte sich bei ihr. Seitdem hörte sie nie wieder etwas von ihm.

Von weitem sah Laura ihn manchmal wenn er mit Freunden durch die Straßen ging; er nickt dann kurz zu ihr herüber, aber ein Wort hat Stefano nie mehr mit ihr gesprochen.

129

Bis heute wurde Laura

nicht wieder die Frau,

die sie einmal war,

zu tief hat sie

das Erlebte verletzt

und ihr

die Lebensfreude genommen.